한국의 고집쟁이들

한국의 고집쟁이들

박종인 글·사진

나무생각

채규철 선생(1937~2006)을 추억하며

행복한 도둑질

박종인

학교를 졸업하고 군대 다녀와서 신문사 기자가 되었다. 사람 만나고 글 쓰는 게 직업이다 보니, 굉장히 다양한 부류의 사람들을 만났고 그만큼 다양한 글을 쓰게 되었다. 처음 몇 년을 빼고, 내가 신문사에서 하게 된 일은 이런 것들이었다. 놀러가기 좋은 곳에 가서 사진을 찍고, 그곳의 인심을 살피고, 맛있는 집을 발굴해 먹어보고 신문에 소개하고 기타 등등. 1995년부터 2002년까지 꼬박 8년을 그렇게 여행 담당 기자로 살았다. 세상 사람들이 다 가보고 싶어 하는 곳을 나는 회사 돈 펑펑 쓰면서 돌아다녔다. 몰래 다녀온 것이 아니라, 신문에다가 나 이렇게 잘 놀다왔다고 자랑까지 해댔으니, 나는 행복했다.

글도 글이지만, 눈앞에 펼쳐지는 대장엄을 사진 한 장으로 표현하는 법은 참 어려웠다. 그래서 사진을 배우게 되었다. 2003년과 2004년 동안 직업을 전폐하고 암실에서 살았다. 백수건달이라 항상 곤궁했지만, 약품 속에 담긴 인화지에서 희미하게 떠오르는 만물상을 바라볼

때 기분은 마치 내가 신神쯤 되는 존재인 듯했다. 여행 기자로 즐기던 표피적이고 말초적인 기쁨과는 또 달랐다. 그래서 정말 행복했다.

시간이 광속으로 날아가 2005년에 신문사로 돌아왔다. 이제 뭘 하고 살아야 하나 고민하고 있는데, 또 여행 담당 기자를 하라는 것이다. 사진까지 잘 찍게 됐으니 제대로 여행 면을 만들어보자 생각하는데, 직접 돌아다니는 여행 기자가 아니라 후배 기자들을 부리는 팀장을 하라는 것이다. 그래서 몇 달 했다. 재미가 있었다. 후배들 글 고쳐주고, 사진 만져주고, 뭐 그런 일도 쏠쏠히 재미났다. 늘 혼자서 일하다가 사람들과 함께 팀을 이뤄 일했다. 굉장히 끈끈했고, 굉장히 행복했다고 기억한다.

그러다 몇 가지 이유로 하여 그 해 10월 나는 사회부 기자가 됐다. (그 이유를 알고 싶은 분은 따로 광화문에서 만나면 알려주겠다.) 그리고 신문에 연재를 하게 된 게 〈박종인의 인물기행〉이다. 이 연작을 만들어준 김민배 선배에게 한 번도 얘기하지 못한 말이 있다. "감사합니다." 진짜 행복했다. 여행 기자 시절뿐만 아니라 세상과도 절연하고서 미친 듯이 암실에 틀어박혀 있을 때와는 행복의 질이 달랐다.

이런 사람들을 만났다.

불구덩이에 빠져 온몸이 불에 타버렸지만 삶의 의지를 꺾지 않고 평생을 교육자로 살아온 채규철. 그 흉측한 외모에 괴물이라고 평생 무시당했지만, 그 모멸감을 교육과 지혜로 갚아준 사람이다. 80년이

7

다 되도록 한 자리를 떠나지 않고 3대째 이발사를 해온 이남열, 그는 "이제야 연장을 숫돌에 가는 법을 깨달았다"고 했다. 담배꽁초를 풀어놓은 물로 벌레들을 죽여 마늘 농사 잘 해보려고 시작한 농부 김광덕의 쓰레기 줍기. 초등학교 때 시작한 쓰레기 줍기가 어느덧 일흔을 바라보는 이때에 "담배꽁초와 함께 버려진 양심은 불도저로도 회복하지 못한다"는 아름다운 철학으로 변했다. 가족 잃은 슬픔을 달래기 위해 돌탑을 쌓던 여정수는 20년 만에 지금 팔도八道에서 버려진 돌들을 모아 눈으로 보지 않고는 믿을 수 없는 거대한 현대사 박물관을 만들고 있다. 허망하게 무너져내린 삼풍백화점 기둥과 옛 권력자 이기붕의 사랑채 주춧돌과 기타 셀 수 없이 많은 현대사의 건축물 조각들이 그의 집에 옹기종기 모여 보는 이들에게 역사를 가르친다.

"사명감은 무슨 사명감!"이라며 선사禪師들의 주장자柱杖子를 휘두르며 50년째 서울 한복판에서 망치 소리를 내는 형제대장간, 고향 산천을 복원하겠다고 번 돈 수십억 원을 몽땅 퍼부어 식물원을 지은 한의사 이환용, "눈독이라는 말은 순진무구한 자연에게 욕심을 부리는 인간의 독毒"이라고 걱정하는 화전민 출신 철학자 비수구미의 장윤일, "눈이 없는 게 아니라 귀가 있어 희망을 가진다"며 이 순간에도 피아노를 연주하는 시각장애 음악도 이소영……

매주 이런 사람들을 만났다. 시골 마을에 으레 한 그루씩 있는 성황당 느티나무처럼, 대지大地에 거대하고 깊은 뿌리를 박아놓은 사람들이다. 남들이 알아주지 않더라도 외길을 꾸준히 걷다 보니 어느새 그 길에 관한 한 이 우주에서 최고로 박식하고 최고로 고결하고 최고로 귀한 지혜와 가치를 소유하게 된 사람들이다. 아무도 알아주지 않은 삶. 하지만 그들 자신에게는 너무나도 귀한 삶이기에 모멸과 질시와 무관심을 견디며 그 가치를 포기하지 않고 보듬어왔다.

나는 이들을 만나면서 학교에서 절대로 알려주지 않는 진리와 지혜를 배웠다. 저들이 몇 십 년씩 몸으로 만들어놓은 지혜와 지식을 불과 몇 시간, 며칠의 만남을 통해 순식간에 도둑질할 수 있었으니, 이런 행복한 도둑질이 어디 있단 말인가. 그들을 만나는 순간, 그리고 사무실로 돌아와 사진을 정리하고 글을 다듬는 과정에서 나도 모르게 가슴이 먹먹해지는 감동까지 덤으로 얻게 되었다. 행복했다.

왜 내가 이들에게서 감동을 받았는지 명쾌하지는 않다. 하나같이 똥고집쟁이에 하나같이 돈벌이와 거리가 먼 일들에 매달린 사람들인데. 그 옛날이면 잡놈이라는 부류로 취급되는 무슨 쟁이, 무슨 쟁이들인데. 주류의 기준에서 보면 실패한 인생들 아닌가.

하지만 세상의 기준은 많이 바뀌었다. 우리가 잡초라고 무시했던 많은 존재들이 이제 꽃과 열매를 만들어 세상에 귀한 가치를 보탠다는 사실을 세상은 깨닫게 되었다. 고단한 시대에 이들이 감내하고 만들어낸 삶은 사람들에게 긍정과 안식과 놀라움과 부러움의 대상이 되었다. 부러움의 대상이 되기까지 그들이 겪어왔을 가시밭길을 상상하니 도저히 따라해 볼 엄두가 나지 않고, 그 형극의 길을 헤치고 큰 울림과 함께 터뜨린 열매를 보니 경외와 존경의 마음이 일어나는 그런 묘한 긴장감이 우리들 의식 속에 있다.

　같은 양과 질의 노력이라면 대통령, 국회의원, 판·검사 기타 등등 주류 세계에서 무난하게 성공을 거두고 사회적으로 대접받고 존경받고 부富를 얻을 수 있다. 그렇게 눈앞에 보이는 탄탄대로를 버리고 가시밭을 택할 사람은 극히 드물다. 대신 그들을 우리는 흠모한다. 잡초들은, 굼벵이들은, 대지에서 뽑히고 포근한 어둠에서 쫓겨나도 꽃을 피우고 매미가 되어 하늘로 날아오른다. 지구가 자전하고 공전하는 소리, 꽃이 피는 소리와 굼벵이가 어둠을 벗어나 하늘로 솟는 소리. 너무 큰 소리와 너무 작은 소리는 들을 수 없다.

　그들을 만나던 시절의 행복감은 필설로 형언할 수 없다. 대한민국에 이런 지혜로운 고집쟁이가 얼마나 더 숨어 있는지 모르겠지만, 그들을 찾아 떠나는 여행은 끝이 나지 않을 것이다.

　이 책은 그렇게 주류이기를 거부하고 자기 길을 고집해서 살며 열매를 맺고 하늘로 훨훨 날게 된 고집쟁이 23명에 대한 기록이다. 고맙게도 그들은 생전 처음 보는 나에게 짬을 내어 꼬장꼬장하게 물어대는 질문에 정성껏 대답해 주었다. 한 사람의 인생을 알량한 원고지 몇 장으로 축약한다는 것, 참으로 겁나는 작업이었다. 나를 만나준 그 분들에게 감사한다.

터럭만큼이라도 그들의 삶이 왜곡되고 사실과 다름이 있다면 그건 확인에 재확인을 거듭하지 않은 내 과실이다. 글을 쓰고 보니 23명 고집쟁이들 가운데 여자는 오직 둘뿐이었다. 이 역시 내 게으름 탓이다. 어디 남자만 자기 길을 가려 하고 실제로 발걸음을 내딛었겠는가. 부지런히 세상을 걸어 더 많은 꽃과 열매를 만나 그들이 걷고 있는 길을 따라가도록 하겠다.

내 딸 서우가 말했다. "별똥별은 사람이 죽어서 하늘로 올라가는 거야. 하늘에 자리가 없는데, 별이 떨어져서 자리를 만들어주는 거지." 아이의 예측이 맞다면 우리는 죽어서 어느 별자리가 될 것이다. 아니, 별자리 소속 여부와 상관없이 저 광대무변한 우주 속에서 고고하게 빛을 발할 것이다. 우리 모두는 별이 아닌가. 아니, 하늘로 올라가기 전부터 이미 이 지구상에는 60억 개의 우주가 반짝이고 있지 않은가. 그 우주 이야기, 한번 엿보기로 하자.

우리 모두는 시궁창에 있다네
그러나 우리 중 몇 사람은 별들을 바라보고 있지
We are all in the gutter,
but some of us are looking at the stars

오스카 와일드, 1854~1900

차 례

1

세상을 밝히는 불씨 한 자락

채·규·철

김·광·덕

남·궁·정·부

김·민·식

혜·관

꽃밭, 2005

불꽃처럼 살다 간 채규철

누구든 떠날 때는 / 한여름에 모아둔 조개껍질 가득 담긴 모자를 바다에 던지고 / 머리카락 날리며 떠나야 한다 / 사랑을 위하여 차린 식탁을 바다에 뒤엎고 / 잔에 남은 포도주를 바다 속에 따르고 / 빵을 고기떼들에게 주어야 한다 / 피 한 방울 뿌려서 바닷물에 섞고 (……) 심장과 달과 십자가와, 그리고 / 머리카락 날리며 떠나야 한다 (《누구든 떠날 때는》 중에서, 잉게보르그 바흐만)

전신화상을 이겨내고 평생을 교육에 바친 채규철, 마침내 별이 되었다. 그가 사무치게 그리워 밤하늘을 본다.

채규철(1937~2006)

한때 이 사람과 함께 한 하늘을 이고 살았음이 행복하다. 그를 만난 시간을 다 합해야 24시간이 채 되지 않고 그와 나눈 대화도 길지 못했다. 그런데 문득문득 그가 떠오를 때면 어찌 이리도 가슴 깊은 곳에서 존경과 그리움이 퍼지는지. 내가 태어나 잡아본 손 가운데 가장 부드러운 손을 가진 사람, 고 채규철 선생 이야기다.

사회사업가, 대안교육가, 농촌교육가 기타 등등 채규철 1937~2006에 걸린 타이틀은 다양하지만 이십 대부터 하늘나라로 가던 그 순간까지 그는 교육가였다. 함경도 함흥에서 태어난 그는 전쟁과 함께 부산으로 피난을 떠났다. 그리고 교육가가 되겠다고 혼자서 서울로 올라왔다. 노숙 생활을 하면서 공부를 해 서울시립대 수의학과에 들어갔다. 대학을 졸업하고 채규철은 충남 홍성에 있는 풀무학교 교사로 꿈을 펼치기 시작했다. 풀무학교, 소위 '똥통학교'다.

"애들이 주말이면 거름 만들 똥 퍼서 지게에 담고 다녀. 그걸 보고 옆 학교 애들이 '똥통학교'라 놀려댔지. 배우고 싶어서 두 눈이 반짝반짝하던 녀석들, 고 맑은 녀석들이 내게는 선생님이었어."

아이들은 월사금 대신 보리 한 가마, 배 한 광주리 내고 ABCD를 배웠다고 했다. 채규철은 그곳에서 함께 아이들을 기르치던 조성례 씨와 혼인했다. 혹자는 운명이라고 하고, 혹자는 우연이라고 했다. 우연이 되었든 팔자가 되었든, 결과는 바뀌지 않는다. 정부 장학생으로 뽑혀 홀로 덴마크로 유학을 갔다 왔더니 두 아들을 혼자 돌보고 있던 아내가 폐결핵에 걸려 있었다. 채규철은 의지로 우연과 운명을 이겨나갔다. 아내를 돌보며 부산에서 바보 의사 장기려 박사(평생을 아무 대가 없이 서민들을 위해 의료봉사를 한 의사)와 함께 청십자의료보험조합(의료보험의 전신)을 만들고, 본격적인 농촌운동에 나섰다.

그 날, 하늘은 맑고 바람은 서늘했다. 1968년 10월 30일, 김해평야의 양계장을 견학한 후 부산으로 가던 길이었다. 부산에 거의 다다랐을 무렵, 과속으로 달리던 차가 언덕 아래로 굴렀다. 차에는 한 영아원 방바닥을 칠할 시너 통이 두 개 들어 있었다. 차가 구르면서 시너가 채규철의 온몸에 쏟아졌다. 그리고 차가 폭발했다.

"불 속을 뚫고 나가서 살 것이냐, 아니면 그냥 타 죽을 것이냐 생각하다가 창문을 힘껏 발로 차고 밖으로 뛰쳐나왔지. 하지만 몸에 붙은 불길은 꺼지지 않았어."

겨우 누군가의 도움으로 탈출했는데, 지나가는 차를 기다리는 동안 오른쪽 눈앞이 숯불처럼 벌겋게 환해지면서 기절해 버렸다. 온몸의 절반을 공격하고서도 분을 이기지 못한 화마火魔가 오른쪽 눈을 녹여버린 것이다. 차에 타고 있던 네 사람 가운데 둘은 죽었다.

부랴부랴 병원으로 달려온 아버지가 아들에게 말했다. "수고했다." 그리고 피눈물을 터뜨렸다. 눈물샘이 사라진 아들은 울지 못했다. 그날 아버지 눈에 섰던 핏발은 돌아가실 때까지 없어지지 않았고, 아들의 절망은 오래도록 사라지지 않았다.

그 후 6개월 동안 수술을 받았다. 조금씩 사람 얼굴을 되찾아갔다. 약혼식

젊은 시절 채규철

사진을 들고 간 원주 기독병원 수술도 성공적이었다. 머리카락을 떼어내 눈썹을 심고, 어깨 피부를 잘라 눈꺼풀을 만들었다. 속눈썹은 겨드랑이 털, 입술은 가슴 피부로 대신했다. 녹아버린 오른쪽 눈은 의안을 박았다. 죽었거나 아니면 자살했을 몸뚱아리가 감내한 수술들이 모두 성공적이라서, 채규철은 오리발처럼 붙어버린 손과 일그러진 얼굴과 구멍만 남은 귀를 가지고 살아났다.

"어린 애들은 나를 보면 귀신 같다고 했고, 아가씨들은 무서워서 도망을 쳤지. 몇 번이나 자살하려고 했어."

괴물로 변한 그에게 비극은 한 번 더 이어졌다. 2년 뒤, 아내가 폐결핵으로 세상을 떠난 것이다. 아내는 아들 생일선물 사러 백화

점에 갔다가 각혈을 하고 하늘로 갔다. 핸드백에서 유서가 나왔다.

"나는 죽어도 채규철은 살아야 한다."

그리고 두 아들을 보살피며 한집에 살던 '똥통학교' 제자 유정희 씨가 운명처럼 그의 새 반려자가 되었다. 채규철은 이후 절망을 입 밖에 내지 않았다. 대신 농촌으로 돌아갔다. 훗날 그가 말했다.

"인생은 우리가 생각하는 것처럼 그렇게 허망한 꿈은 아니겠지요. 생명 하나가 태어나기까지 약 40억 년이 걸렸다고 합니다. '소나기 30분'이라는 속담이 있습니다. 인생의 소나기 먹구름 뒤에는 언제나 변함없는 태양이 기다리고 있습니다. 우리는 항상 그런 믿음으로 살아야 합니다."

채규철은 사고 전에 해오던 '청십자운동'을 다시 시작했다. 간질환자 진료사업모임인 '장미회'를 새로 꾸렸다. 문득 좌절하고 싶어질 때엔 도망치듯 새로운 일들을 벌이곤 했다. 일에 매달리고서도 절망감을 삭이지 못하면, 그때는 가족이 화禍를 당했다. 밥상을 뒤집어엎고, 술주정을 하고, 욕을 하고, 장롱 속 이불에 불 붙여서 자살하려 하는 걸 가족이 겨우 막은 적도 있었다.

그리고 1986년 경기도 가평에 '두밀리자연학교'를 열었다. 개울 졸졸 흐르는 야산에 심은 옥수수와 들꽃밭에서 아이들이 반딧불을 쫓으며 자연을 배우는 학교다. 분필 가루도 없고 회초리도 없었다.

1997년 여름, 그 두밀리에서 채규철 선생을 처음 뵈었다. 산골에 밤이 찾아오고 반딧불이 반짝이며 날아다니는데, 그 어둠 속에서 정말 흉측한 얼굴이 불쑥 나타나는 것이었다. 모자 아래로 머리카락이 듬성듬성 보이고, 주름 자글자글한 얼굴에는 가짜 눈 진짜 눈만 하얗게 빛났다. 뭐라고 말을 해야 할지 망설이는데 선생이 불쑥 손을 내밀었다. 그리 부드럽고 가냘픈 손, 처음 보았다. 선생을 처음 본 아이들도 필경 그러했으리라. 무서워서 도망갔었을 아이들이 그를 'ET할아버지'라고 부른다고 했다. '이미 타버린 할아버지'라는 뜻이다.

"아무 데나 봐도 돼. 오른쪽 눈으로는 마음을, 왼쪽 눈으로는 얼굴을 보니까 다 보여. 이 몸이 그래도 돈 엄청나게 들여 성형한 몸인데, 그걸 사람들이 몰라봐."

자기 몸을 대상으로 가학적인 농담을 던진다.

"나는 십 원짜리 인생이야. 아니, 화폐 가치가 절하되어 '백 원짜리 인생'이라고 해야 할까. 내가 다방이나 음식점 문을 열고 들어가면 마담이나 종업원들이 다가와 숨 돌릴 틈도 없이 잽싸게 십 원짜리 동전 한 닢을 주고는 제발 나가달라며 내 몸을 마구 밀어내. 내 모습이 다른 손님에게 혐오감과 불안감을 준다는 것이지. 또 다른 이유는 나를 구걸하러 온 거지로 착각하기 때문이지. 나는 그들이 주는 십 원짜리를 마다 않고 받아 호주머니에 넣고는 기어이 안으로 들어가 손님 행세를 해. 십 원짜리를 의외의 부수입으로 챙겨 넣고."

2005년 여름, 그를 다시 만났다. 역시 두밀리자연학교에서였

2005년 여름, 그가 사랑했던 두밀리자연학교에서 남긴 마지막 모습이다.

다. 두밀리는 '농지 불법전용'의 혐의를 뒤집어쓰고 폐교된 상태였다. 컨테이너와 오두막 하나 텃밭에 세워놓았다는 것이 문제였다. 눈빛은 여전히 명징했지만, 불꽃을 태우며 칠십 평생을 살아온 노老 교육자는 더 큰 욕심이 없는 듯했다.

"한 사람이 사회를 위해서 얼마나 보람 있는 일을 하느냐, 인격이 얼마나 높으냐, 학문을 얼마나 연마했느냐 하는 것은 따지지 않고, 단지 얼굴이 어떻게 생겼느냐, 권력이 얼마나 있느냐, 자가용은 몇 기통을 타고 다니느냐 하는 것으로 한 인간의 가치를 속단하는 것이 오늘의 우리 사회야. 그런 사회에서 살다 보니 별 도리 없이 사람 인생이 도매금으로 넘어가 십 원짜리밖에는 안 되는 거지."

하지만 채규철은 그 모든 편견을 뛰어넘었다.

"우리 사는 데 F가 두 개 필요해. 'Forget(잊어버리라), Forgive(용서하라).' 사고 난 뒤 그 고통 잊지 않았으면 나 지금처럼 못 살았어. 잊어야 그 자리에 또 새 걸 채우지. 또 이미 지나간 일 누구 잘못이 어딨어. 내가 용서해야 나도 용서받는 거야."

나는 일종의 종교적 감화를 느끼며 선생과 작별했다. 그게 마지막이었다. 2006년 12월 13일 새벽, 선생이 눈을 감았다. 병상에서 선생이 문득 깨어나 말했다고 한다.

"저기가 어디야, 아름답구면. 나 이제 급히 감세."

그렇게 불꽃이 하늘로 날아갔다. 그가 지금 무척이나 그립다.

낙엽의 幻 4, 2005

철학자 농부 김광덕

1992년, 풍수지리학자 최창조 씨가 4년 만에 서울대 교수직을 사퇴했다. 지리학회에서 수시로 불러서 '풍수가 과학이 될 수 있느냐'며 몰아세운 것이 원인이었다. 그런데 나중에 그 사람들이 전화를 걸어 "공은 공이고 사는 사"라며 "집터 좋은 데 좀 봐달라"더라는 것이다. 칠순을 넘긴 철학자 김광덕에게 공은 사요, 사는 곧 공이다. 구분이 없는, 만사자연萬事自然이다. 그는 무학 농부다.

김광덕

"쓰레기는 쓰레기를 부르는 마력이 있다. 담배꽁초는 지구 전체 오염에 큰 부분은 아니지만 다른 쓰레기를 산더미처럼 불게 만드는 파급효과를 감안하면 엄청난 비중이다."

"사람들은 담배를 버리기 전에 주위를 한번 둘러본다. 그리고 다시 한번 주위를 둘러본 뒤 발로 비벼서 산산조각을 만든다. '버리고, 증거를 인멸하는' 그 몇 초는 도덕을 두 번이나 버려야 하는 엄청난 고뇌의 시간이다. 버려진 도덕은 불도저 100대로도 못 줍는다."

"자기 자식 잘되길 바라지 마라. 자식이 좀 모자라거나 실수를 해도 잘 살 수 있도록 세상을 제대로 만드는 게 더 쉽다. 그게 자식 잘되게 하는 길이다."

"'봉사'라는 말은 틀렸다. '보답'이나 '나눔'이라는 단어로 바꿔야 한다. 자연이 뭘 바라고 주는 거 봤나? 감사하게 받은 걸 돌려주는 것, 이렇게 생각하면 봉사가 매우 쉽다."

이 어마어마한 명언을 내뱉는 사람은 김광덕68세, 초등학교만

나온 농부다. 그가 말한다. "이런 말은 쓰레기나 줍는 농사꾼이 아니라 전문가가 해야 할 얘긴데……"라고. 전문가들이 말을 안 해주니, 자기라도 한다는 것이다. 경기도 여주 흥천면에 있는 그의 집에서 그를 만났을 때, 농부는 큼직한 집게를 들고 있었다. 집게를 넣는 집게집에는 'ONLY ONE EARTH'(하나뿐인 지구)라고 적혀 있었다.

"어릴 때 우리 집에 동네 어른들이 많이 놀러왔어요. 사랑방에서 담배를 피우는데, 재떨이 비우는 게 진짜 싫었어요. 내가 막 짜증을 내니까 어른들이 이래요. 광덕아, 꽁초를 오줌에 섞어서 마늘밭에 뿌려봐라. 벌레들 다 죽는다." 정말 벌레가 다 나가떨어졌다. '농사 잘 지어서 부자 되려고' 꽁초줍기가 시작됐다.

"농부들 피우는 담배는 담뱃잎을 말아놓은 궐련이에요. 꽁초가 잘 안 생겨요. 그때 공무원들은 필터담배를 피웠죠. 그래서 학교 같은 관공서 주변에서 꽁초를 주웠어요."

학교 옆에서 꽁초를 줍고 있으면 동네 형들이 시비를 걸었다. "야, 저기 거지 왔다, 거지." 형들은 어린 광덕을 툭하면 두들겨팼다. "그래서 깨진 사금파리며, 퇴비로 쓸 쇠똥도 같이 주웠어요. 그랬더니 거지 취급 않더라고요."

학원 폭력이 무서웠던 아이에게 쓰레기 줍기 인생이 열렸다. 당시 열다섯 살이었다. 스물두 살 되던 해에는 훈련 나왔던 미군들이 버리고 간 철판으로 긴 집게를 만들었다. 허리를 굽히지 않아도 되니

농부 김광덕이 청년시절 만든 집게와 집게집.
집게집에는 '하나뿐인 지구'라고 적혀 있다.

까 편했다. 40년 넘게 쓰다 보니 끝이 2센티미터 정도 닳았다. 가는 세월에 허리도 굽어, 닳은 집게가 또 키에 맞는다. 27년 진에는 천막용 비닐로 집게집도 만들었다.

어디를 가든, 농부는 집게와 함께 다닌다. 상가喪家에 갈 때엔 무덤까지 따라가 묘소 주변 쓰레기를 줍는다. 밭일하다가 다쳐서 병원에 갈 때도 집게를 들고 갔다. 질려버린 친지들이 어느 날 몰래 회의를 소집하고는 집게를 강에 던져버렸다.

"자맥질해서 주워 올렸어요. 정말 죽을 뻔했어요."

집안 사람들, 그래서 포기했다. 그 집게, 앞으로 어떻게 하시려나?

"죽을 때 달라는 사람이 없으면 이것도 결국 쓰레기가 되겠죠? 그래서 같이 묻어달라고 했어요."

아직 집게를 달라는 사람은 나타나지 않았다. 젊은 날 중동에서 일해 모은 돈 450만 원으로 산 논밭이 투기바람에 10억대로 뛰었다. 그 땅에 솔밭농원이라는 농원을 만들었는데, 파는 거 하나 없이 공짜 자연학습장을 운영한다. 자기 죽고 나서도 남이 와서 보고 자연의 소중함을 알 수 있게 만든 공간이다.

잉어 사는 연못도 있다. 아이들에게 자연 시간에 개구리 해부 실습 하지 말고 잉어 해부하라고 나눠준다.

"개구리 해부해 놓고 봉합해 줬다는 말 못 들었어요. 잉어는

해부하고 먹으면 되지요."

거위떼, 동료들 쉬는 동안 자발적으로 '보초 서는' 슬기를 가르쳐준다. 그리고 텅 빈 잔디밭.

"반딧불이가 이슬 먹고 산다잖아요. 그래서 이슬 잘 품는 잔디밭 만들었더니 진짜 반디들이 몰려왔어요."

여름밤이면 풀어놓은 염소들 등에 개똥벌레들이 다닥다닥 붙어, 그 불빛을 보고 염소들이 난리를 친다. 잉어 새끼 잡아먹으려고 물총새도 날아온다. 물이 마르기라도 하면 이를 '예감'한 물방개들은 미리 날아가버린다. 농부는 놀러 오는 아이들에게 그 신비를 이야기해 준다. 산에는 장뇌를 심는다. 20년 있다가 필요한 사람들이 와서 달라고 하면 줄 참이다. 그때까지 살아 있다면 자기가, 죽고 없으면 다른 사람이 그 일을 할 것이다. 모두 자연이 가르쳐준 섭리요, 인간이 배워야 할 원칙과 지혜다. 또 도로변에 있는 농부네 가게에는 이렇게 적혀 있다. "군인은 참외, 전화 공짜" 나라 위해 봉사하는 젊은이들, 그렇게라도 보답하겠다 한다.

농부 김광덕. 머리에 서리가 많이 내렸다. 다리도 불편해서 조금씩 절름거린다. 그런데 그가 말한다.

"쓰레기를 뒤로 줍나? 앞으로 줍고 다니니 허리 휘는 것도 당연하고, 그렇게 돌아다니니 다리 절게 되는 것도 당연하다. 세월, 그래서 흰머리도 많이 생겼다. 그런데 잘 봐라, 이 흰머리, 그릴 수 있는 건지. 세월이 준 거다. 노인들 흰머리만큼 아름다운 그림이 세상에 어디 있을까."

그렇게 쓰레기 인생 40년에 농부는 섭리를 절로 알게 되었다.

"두 번 사는 인생이면 대충 한번 살아보겠는데, 한 번밖에 없으니까 제대로 살아야죠."

농부 김광덕, 철학을 줍는다.

꽃의 幻, 2005

세상에서 하나뿐인 구두를 만드는
남궁정부

처음 그와 대면해 악수를 나누려고 손을 내밀었을 때, 그의 텅 빈 소매를 잡고서 말을 잃었다. 무안해 하는 내 손을 왼손으로 꼭 쥐고서 그가 웃었다. 그 누구보다 앞장서 히말라야에 오른 뒤 그가 사람들에게 말했다. "우리, 세상에 꼭 필요한 사람이 되자." 모두가 울었다. 걷지 못하 는 사람에게 세상에 하나뿐인 신발을 만들어주는, 그는 정말 우리에게 꼭 필요한 사람이었다.

남궁정부

그는 광대무변한 우주 속에 오직 한 켤레밖에 없는 구두를 만든다. 이 쓸쓸한 행성 지구에서 그는 지구보다 더 쓸쓸한 사람들을 위해 가죽을 자르고, 무두질을 하고 석고틀을 뜬다. DNA에 외로움이 각인돼버린 신발 주인들이 찾아오면, 주름진 그 얼굴에 미소 하나. 그리고 어엿하게 두 발로 서서 햇살 가득한 문으로 걸어가는 신발에도 웃음이 가득하다. 그러면 남궁정부70세는 왼손으로 새 신발의 주인 손을 잡고 행운을 기원한다. 오른손은 없다. 어깨 아래로 펄럭이는 잠바 소매 속에는 텅 빈 '공空'. 1995년 어느 날 이후 그에게는 오른팔이 없다. 아니, "모든 게 다 있고, 없는 것은 오른팔뿐"이라고 그는 말했다.

남궁정부를 만난 곳은 신들의 땅, 네팔로 가는 비행기 안에서였다. 2006년 4월 대한민국 수많은 절단장애인 가운데 일곱 명이 히말라야로 갔다. 서울 이태원에서 전복 요리집을 하는 요리사 채성태, 그리고 그와 함께 개조한 이동식 주방 트럭 '사랑의 밥차'를 타고 다니며 무료 급식 봉사를 하는 가수, 모델들과 함께, 이 절단장애인들은 바다 위로 4,700미터 솟아 있는 칸진리라는 산에 오르려고 나선 길이었다. 남궁정부는 그 일곱 명 가운데 한 사람이었다.

히말라야라고 하면 사람들은 에베레스트를 비롯해 8,000미터가 넘는 고산을 떠올린다. 그래서 4,700미터라고 하면 "고까이꺼" 하며 웃어버리기 십상이다. 나도 그랬다. 하지만 3,000미터도 되지 않는 백두산보다 근 2,000미터가 높은 산이다. 함께 간 사람들은 허벅지 아래 두 다리가 없는, 또는 한쪽 무릎 아래가 없는, 한쪽 발이 없는 그런 사람들이었으니, 도대체 실성한 사람이 아니라면 그 높은 산을 오르겠다고 나설 까닭이 없는 것이었다. 오죽 쓸쓸했으면 아무 것도 없는 고산高山과 동무 하겠다고 나섰을까.

오른팔을 잃은 구두장이

대한민국에서 목발 짚고, 온몸 출렁이며 이리 비틀 저리 비틀 걸어다니는 사람치고 손가락질 받아보지 않은 사람은 없을 것이다. 멀쩡한 머리와 뜨거운 가슴을 지니고 있음에도 그저 외형이 그러하다는 이유만으로 홀대와 냉대를 받으며 평생을 살아야 하는 사람들이다. 게다가 이러저러한 사건 사고로 뒤늦게 장애자가 된 '절단 장애인'들이라면.

그게 그들이 히말라야로 간 이유였다. 자신도 남처럼 산에 올라 산 정상을 밟아볼 수 있다는 걸 보여주기 위해 그런 실성한 짓을 감행한 것이었다. 4박 5일 동안 지켜본 그들의 산행은 필설로 형언키 어려울 만치 감동적이었다. 사지 멀쩡한 내가 고산증과 몸이 찢어질 듯한 피로에 허덕일 때에도 내 앞뒤 양옆에서 그들이 두 눈 시퍼렇게 뜨고 걷고 있었기에 그들과 함께 정상에서 펑펑 울 수 있었다. 거기에 남궁정부가 있었다. 한국 나이로 2007년 고희古稀를 맞은 노인이 칸진리봉에서 울어버린 것이다.

남궁정부는 구두장이다. 수제화가 인기를 끌던 70, 80년대에 웃돈을 받아가며 여기저기 스카우트되던 구두 장인이다. 세월은 냉정한 것이어서, 1990년대 들어 수제화의 시대가 가버렸고, 구두장이는 생계를 걱정할 정도로 곤궁해졌다. 1995년 11월 그날도 옛 동료들과 세상일을 취중작파하고 지하철을 기다리고 있었다. 가난한 인생들이 지구상에서 가장 많이 몰리는 서울 지하철 1호선 신도림역. 플랫폼 가득 들어찬 인파에 밀려 쇠락한 구두장이는 선로로 떨어졌고 열차가 덮쳤다. 굉음과 요란한 불빛을 던지며 달려오는 전철을 보며 그는 기절해 버렸다. 깨어나 보니 병원이었고, 요행히 죽지는 않았다고 생각하며 몸을 찬찬히 살피니, 오른손이 그대로 있었다고 했다. 다행이라고 생각하고 조금씩 눈을 올려보는데, 팔이 너덜너덜하게 찢겨서 어깨에 붙어 있더라고 했다. 평생 구두장이로 살았던 사내가 인생을 잃은 것이다.

그리고 입원 사흘째 되던 날 아침, '살아야겠다'는 말을 머릿

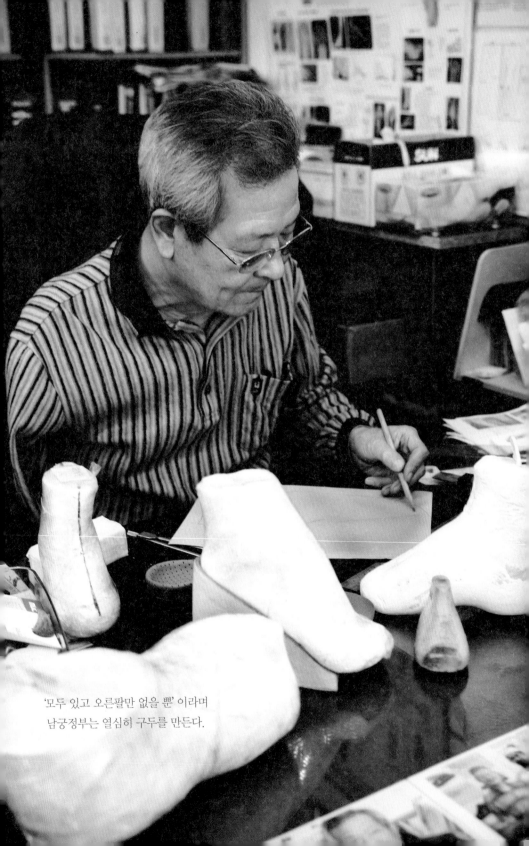

'모두 있고 오른팔만 없을 뿐' 이라며
남궁정부는 열심히 구두를 만든다.

속에서 수백 번 외치고서 그는 일어났다. 만류하는 가족들을 뿌리치고 면도기를 사서 왼손으로 수염을 깎았다. 그리고 담배를 뻑뻑 피워 대며 병원을 쏘다녔다. 생의 의지. '좌절하지 않는다.'

"후유증이 있을 수 있으니 다시 수술해서 나머지 팔을 더 잘라내자"는 의사 말에 곧이곧대로 몇 센티미터 남은 팔까지 잘라내고 퇴원했다. 열흘 만이었다. 삶의 계획은 전혀 없었다.

의수를 만들러 간 의료보조기상 사장이 선언했다. "남은 팔이 너무 짧아서, 물건을 잡을 수 있는 기능성 의수는 어렵겠습니다."

기가 막혔다. 수술을 왜 또 했나 했지만, 그 다음 말이 그를 사로잡았다. "성한 팔이 있으면 그 팔만 쓰려고 하니까 더 어려워요."

옳거니, 나는 왼팔이 있지 않은가. 오른팔이 없는 게 아니라 오른팔만 없는 거지. 이런저런 얘기를 나누다가 구두장이였다는 말이 나왔고, 보조기상 사장이 툭 던졌다.

"장애인 신발 한번 만들어보지요?"

인생 2장은 그렇게 막이 올랐다. 1장이 끝난 게 55세였고, 2장은 금방 시작됐다. 중간 휴식도 없는 숨 가쁜 무대였다.

세창정형제화연구소

마음을 잡고 처음 시작한 것이 젓가락질과 글씨 연습이었다. 밥상은 온통 흘린 반찬과 밥풀로 난장판이 됐지만, 구두장이는 왼손

젓가락질을 멈추지 않았다. 쉰여섯 먹은 사내가 밥상을 발로 차며 펑펑 울었다. 그래도 멈추지 않았다. 그리고 커다랗게 네모 긴이 그려진 글씨 연습장을 사서 'ㄱ, ㄴ, ㄷ'을 쓰기 시작했고, 그게 익숙해지면서 가죽 자르기도 다시 시작했다. 처남 집 차고에 '세창정형제화연구소'라고 간판을 걸어놓고 손님을 기다렸지만 홍보도 없었고, 설사 홍보가 됐더라도 찾아왔을까마는, 손님은 없었다. 하나뿐인 직원이 말려도 날카로운 재단용 칼을 들고 가죽을 자르다가 허벅지를 쑤셔 가게를 피바다로 만든 적도 있었다.

"참을 인忍자 세 번이면 왜 살인도 면할 수 있는지 알았어요. 그만큼 그 고통을 참는 게 어려웠지."

이제는 쌈도 싸먹고, 가죽 재단용 칼도 무소불위로 휘두르게 된 외팔이 선생이 웃는다.

팔 없는 구두장이에게 단골 가죽상도 외상은 주지 않았다. 돈이 꾸역꾸역 들어갔다. 아내는 식당일을 하며 그 돈을 메웠다. 그러다 가게를 연 지 6개월이 지난 1996년 11월. 한쪽 다리가 8센티미터 짧은 사십 대 손님이 뒷굽을 높여 수선해 준 구두를 신고 찾아왔다.

"길이는 좋은데, 발이 자꾸 앞으로 미끄러져요."

팔 없는 장인이 만든 구두를 신어줘서 고맙고, 자꾸 미끄러지는 구두를 신어준 게 또 미안하고 고마웠다. 이후 그의 몸에 꼭 맞는 구두를 맞추느라 세월이 갔지만, 남궁정부는 "남에게 꼭 필요한 사

44

세상에 하나밖에 없는 신발.
발이 안쪽으로 휘어진 채 태어난 아기의 교정용 신발이다.

람이 될 수 있다는 걸 알았다"고 한다.

날 때부터 소아마비였던 소녀, 그래서 결혼식 때 꼭 제대로 걸어서 웨딩마치를 하는 게 소원이었던 여자에게 구두를 맞춰주었다. 발이 기형적으로 커서 태어나서 단 한 번도 신발을 신어본 적이 없는 사내에게 신발을 만들어주어, 구두닦이에게 "구두 닦아달라"고 당당하게 발을 내밀게 해준 일도 있었다. 그래서 어느 날 가게가 문을 닫을 정도로 곤궁해졌을 때, 단골손님들이 찾아와 십시일반으로 모은 3천만 원짜리 통장을 내밀었다고 했다. "당신 없으면 우리가 걷지를 못하니, 당신은 꼭 돈을 벌어라" 하며 막무가내로 통장을 내밀더라고 했다.

그 모든 신발이 광대무변한 우주 속에 오직 한 켤레밖에 없는 신발들이었다. 손바닥에 한 켤레가 오롯이 들어가는 작은 신발도 있었고, 겉보기에는 신발 형태로 보이지 않는 자루 같은 신발도 있었다. 왼팔로 만든 우주에 단 하나뿐인 신발이 자그마치 5만 켤레다.

그러다 히말라야로 갔다. 그가 말했다.

"히말라야, 아무나 가나? 가고 싶어도 가기 어려운 곳이잖아. 그런데 기업이 도와준다고 하더라고. 그럼 가야지. 죽기 전에 언제 가보겠어."

발가락 하나만 없어도 걷기 어렵다. 더구나 팔 하나가 없으면 균형을 잡기가 지극히 어렵다. 하물며 칠십 노인이 구토와 어지럼증

46

이 난무하는 고산을 걷겠다니.

　　젊은 사람들이 숨을 헐떡이며 셀 수 없이 많은 순간을 좌절과 포기와 오기 사이를 오가는 동안 그는 아무 말도 하지 않고 그저 구름 뒤 먼 산을 향해 걸어갔다. 걷다가 걷다가 더 이상 오를 곳이 없을 때 그는 바위에 앉아서 나에게 손을 흔들며 슬쩍 웃었다. 선글라스 뒤편에 있던 그의 눈동자를 그때는 보지 못했다. 하지만 잠시 후 발도 없고 다리도 없는 이십 대, 삼십 대 청년들이 온통 눈물투성이가된 채 칸진리에 올라와 그에게 다가갔을 때, 그 선글라스 아래에서 고요히 눈물이 흘러내렸다.

　　"지연아, 상민아, 병휘야, 우리 모두 세상에 꼭 필요한 사람이 되자."

　　나는 산을 내려와 그날 저녁 선생 앞에서 대취하여 그 어깨에 기대어 크게 울었다. 오른팔도 있는 나는 세상에 얼마나 필요한 사람인가.

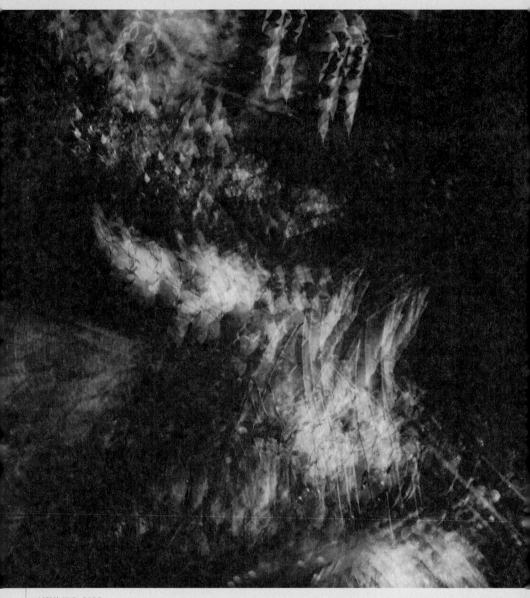

낙엽의 幻 3, 2005

시한부 청년 시인
김민식

누군가가 말했다. 선인장을 사랑할 때 선인장의 꽃을 보고 반해 버리면 절대로 안 된다고. 선인장 꽃은 아름답지만 그 꽃이 만개하는 시간은 찰나에 불과하다. 그래서 선인장 꽃을 보려면 가시를 사랑하며 빛과 수분을 공급해 줘야 한다. 그 성가신 노고勞苦와 자칫하면 다칠 수 있는 가시까지 사랑할 때 선인장의 아름다움이 보인다. 뒤틀린 몸으로 가슴 저미는 글을 꽃피우는 김민식, 그 꽃이 지더라도 그를 사랑하자.

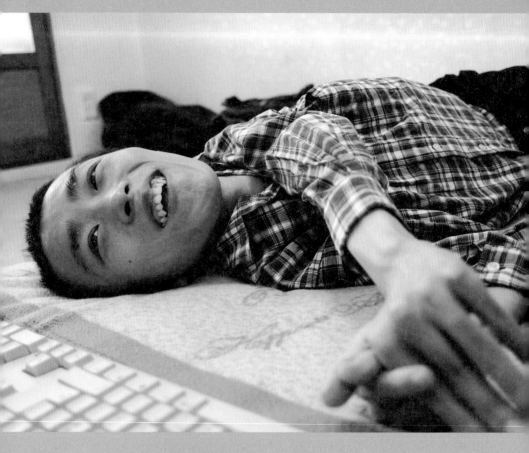

김민식

민식이 누워 있는 방 한켠 낮은 책장에는 월간 문학잡지가 빼곡히 꽂혀 있다. 꽤 오래된 잡지들인데, 손때 묻은 흔적이 없다. 민식은 책을 읽지 못한다. 까막눈이 아니라 책을 집어들 힘이 없다. 벽에는 초등학교 졸업장이 액자에 걸려 있다.

"본교 4학년 재학 중 뜻하지 않은 일로 6년간의 학업을 마치지 못했으나 굳은 의지를 가지고 세상을 아름답게 보고 노래하는 마음을 펼쳐 모든 이에게 희망과 용기를 심어줌으로 이를 칭찬하고 명예졸업장을 수여합니다. 2001년 9월 19일."

2007년 6월 15일로 스물다섯 살 생일을 맞은 김민식. 흔히들 말하는 전신장애1급의 시한부 청년이다. 충남 청양군 장평면 칠갑산 아래에 그가 산다.

초등학교 4학년 1학기, 민식은 7킬로미터 떨어진 학교에서 새 교과서를 받아들고 오다가 트럭에 치었다. 치료를 받으러 병원에 가니 다친 건 별 문제가 아닌데, 다른 병이 있으니 큰 병원에 가라고 했다. 큰 병원 의사가 진단을 내렸다. 근이영양증muscle dystrophy. 온몸의 근육이 조금씩 사라지는, 그래서 스무 살 되기 전에 심장 근육이 사라지는 순간 숨을 멈추게 되는, 악마 같은 병이라고 했다.

2008년 민식의 나이 스물여섯. '공식 사망 예정 시간' 보다 무려 5년을 더 살아 있다. 그 사이 아이는 소년이 되었고 소년은 청년이 되었다. 발끝부터 근육이 사라져 지금은 27킬로그램, 새털처럼 가벼운 청년이다. 다리는 펴지지 않고, 팔도 마찬가지다. 사람들이 왜 살을 빼는지 모르겠다고 농담하곤 하지만, 내장 근육도 약해져 여든 넘은 할머니가 넣어주는 밥풀과 물로 생물학적인 힘을 얻는다. 하지만 맑은 영혼과 있는 힘 다해 컴퓨터 키보드를 누를 수 있는 손가락, 그리고 웃음 가득한 얼굴은 아직 근육이 남아 있다.

그 몇 안 되는 신체 부위로 민식은 할 일이 많다. 시를 썼다. 시집 두 권 가운데 한 권은 베스트셀러였다. 초등학교 4년 중퇴한 학력. 시를 쓰기 위해, 책 한 권을 이해될 때까지 수백 번씩 읽었다고 했다.

그리고 작곡을 한다. 인터넷을 뒤지다 우연히 발견한 작곡프로그램. "너무 힘들어" 하면서 그가 만든 곡들은 그의 눈망울만큼이나 맑고 명징하다. 손가락만 겨우 움직이는 청년이 마우스를 이리저리 움직여 40여 곡을 완성했다.

민식은 "하늘이 부르는 날까지 그저 제 할 일 하면서 살 것"이라고 했고 병원에서는 기적이라고 했다. 기적이되, 그냥 하늘에서

청년 시인 김민식, 그리고 둘도 없는 친구이자 형인 사진가 장준.

민식의 할머니

떨어진 기적이 아니었다. 그 의
시를 만들어준 주위 사람들이
창조한 기적이다.

1996년 어느 날 민식이
장애인으로서의 삶을 한 잡지에
기고하면서 천사들이 찾아왔다.
공주에 있는 장애인복지시설
〈소망의집〉 자원봉사자들이다.
손에는 민식이 좋아하는 피자와
도너츠가 바리바리 들려 있었다
고 했다. 꼼짝 못하고 누워 있는
민식을 씻겨주고 이부자리를 갈
아주고, 함께 개울에서 물놀이
를 했다. 그때 대학생이었던 사
진가 장준34세 씨는 "열댓 명씩
찾아가 며칠씩 한뎃잠 자며 민식이랑 놀았다"고 했다. 장준 씨는 밤
에는 서울 남대문 의류상가에서 일을 하고, 낮에는 다큐멘터리 사진
을 찍는다. 그 월급을 쪼개 매달 민식에게 보낸다. "민식이와 함께
있다 보면 민식이가 내 삶을 돕는다는 느낌을 받아요."

민식이 연필 잡을 힘이 없어지자 누군가가 컴퓨터를 보내줬

54

다. 어느 날엔 장평전화국 사람이 와서 인터넷 회선을 깔아줬다. 마을에 유일무이한 인터넷 회선이었다. 인터넷이 들어오기 전, 장평우체국에서 편지를 가장 많이 받는 사람은 김민식이었다. 인터넷이 깔린 후 소중하게 보관하던 편지는 슬프게도 불에 타버렸다.

서울에서 사업을 하는 서수택50세 씨도 10년 넘게 민식을 찾아 오고 있다. "민식의 글을 읽으면서 내 어려웠던 시절이 생각나 다음날 무작정 내려왔었다"고 했다. 그는 신문에 난 마을 사진을 들고 와서 비슷한 지형지물만 찾다가 어렵게 민식의 집을 찾았다. 한 해에 서수택 씨가 보내주는 돈은 수백만 원. IMF 때 어려운 날도 있었지만 그는 "남 돕기란, 마음에 달린 일"이라며 "할머니가 허락하면 민식을 서울로 데려가 함께 살고 싶다"고 했다.

또 누군가가 이름도 알려주지 않고 10년째 음식과 돈을 부쳐줬다. 할머니는 "4년 전에는 그 사람이 전화를 해서 '형편이 어려워져 더 돕지 못하겠다'고 울더라"고 했다.

새털처럼 많은 시간, 민식은 천장을 바라보며 보낸다. 근육하나 없는 몸으로 할 수 있는 소일거리란 없다. 그러다 천사들이 찾아오면 기분이 좋다.

"사람들이 와서 있다가 가면 외롭지 않아서 좋아요. 제일 많이 하는 일이 천장만 보고 있는 거거든요."

민식의 눈가에 웃음이 퍼진다. 그리고 사람들이 사라지면 컴퓨터를 켠다. 키보드를 두드리고, 인터넷을 찾아다니며 친구들과 얘기를 나눈다. 그를 만났을 때 _그_ 가 싸이월드 미니홈피(www.cyworld.com/Eternity61)에 적어놓은 인삿말은 이랬다.

길을 따라가지 마라
길이 없는 쪽으로 가서
발자국을 남겨라

랄프 왈도 에머슨

천장 바라보고 하루를 보내는 시인이자 작곡가 청년이 말했다.
"나보다 더 힘든 사람도 사는데, 나는 행복합니다."
도대체 이 청년보다 더 힘든 사람, 그리하여 이 청년을 행복하게 만드는 사람이 누구인가.

개심사 요사채 기둥, 1999

언제나 사람들이 함께하기에 따뜻하다.

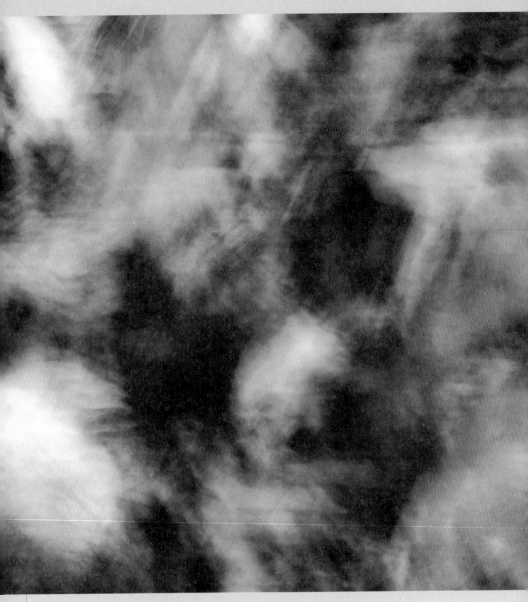

낙엽의 幻, 2005

영통사 사장 혜관

山

산이 좋아 산에서 살았다 너그럽기는커녕 / 물이 좋아 물에서 살았다 슬기롭기는커녕 / 슬기
로울 때 물에서 살고 너그러울 때 산에서 살기로 한다 하여 / 지금 도시에서 연명 중

그래서 혜관은 산에서 내려왔다. 자칭 영통사 사장, 괴이한 스님 혜관 이야기.

혜관

남들과 다른 야릇한 방식으로 도를 닦는 스님네, 이를 일러 괴각乖
角이라 한다. '엇갈려 난 소뿔'이라는 뜻이다. 홍남기, 나이 41세,
법명 혜관慧觀. 경기도 용인 화산리의 작은 절 영통사靈通寺 주지다.
그가 괴각이다.

　　마을 사람들이 경조사 때 읍내로 나가려 하면 머리 다듬을 곳
이 없었다. 그래서 스님은 미용사 자격증을 따고 마을 사람들 머리를
잘라줬다. 절에는 간이 미용실이 있다.

　　"스님, 집터 좀 봐줘요" 하면 중장비를 몰고 와서 집터를 만
들어줬다. 내친 김에 이앙기와 트랙터를 몰고 와서 논도 골라줬다.

　　도道 가르치는 것보다는 사람 목숨 살리는 게 먼저라고 생각
해서 스쿠버다이빙 강사와 심폐소생술 강사가 되었다. 그렇게 해서
물에 빠져 까무러친 사람 살려낸 게 부지기수다.

　　합기도 5단에 권투 경력 27년, 불교 무술인 선무도禪武道 대가.
저수지 공사를 하다가 동네 불량배 아홉 명이 시비를 걸자 "부처님

믿으면 안 잡아먹지" 하며 슬쩍 만져주기도 했다.

그러다가 짬짬이 복지시설 찾아가 마술쇼를 벌인다. 절에도 무대가 있다. 눈썹을 진하게 그리고 립스틱 바르고, 반짝이는 머리는 마법사 모자 속에 숨기고서 사람을 공중부양시킨다. 부활절에는 신부님 초청으로 성당에 가서 "아멘" 하고 마술쇼도 했다.

밤에는 탱화를 그리고 가끔 도자기도 굽는다.

"주지가 아니라 사장이라고 해줘요."

혜관 스님이 말했다. 사장? 그리 부탁하지 않더라도 사장이라고 부를 만했다.

눈매가 날카롭고, 몸매는 굉장히 호리호리하고 날렵하다. 가사 대신에 파란색 '추리닝'을 입고서 방 안에 주저앉아 담배에 불을 붙인다. 벽에는 덕지덕지 중화요리집 안내광고, 트럭 안내광고, 기타 등등이 붙어 있고 절집 향내 대신에 퀴퀴한 담배 인이 배어나온다. 현판도 없고 마당에는 고무보트 두 대와 공기통이 어지럽게 널려 있는 허름한 민가가 절이라고 했다. 절이라고 하니 절이라고 믿기로 했다.

"왜 이 절은 이 모양이고 스님은 그리 괴짜로 사시오?"

"중생 구제는 엄숙함에서 나오는 것이 아니라 사람들과 부대끼면서 함께 느낄 때 나오는 것이오."

그래서 산사山寺에서 내려와 민가에 절을 지은 지 20년 되었다고 했다.

혜관이 마술쇼를 준비 중이다. 감히 그를 땡추라 하지 마시라.

자자, 매직쑈~~오를 보러 오세요!

"포교한답시고 낚시터에 가서 살생하지 말라 하면 누가 불교를 믿겠어요. 같이 낚시해야죠."

사냥꾼에게 왜 총 쏘냐고 하면 어떨까. 그래서 같이 사냥을 한다. "매운탕은 살생殺生이나, 생선회는 합일合—"이라는 괴이한 이유를 들어 회를 즐기기도 한다.

그는 어릴 적 고아가 되어 절에서 살았다. 고등학교 때까지 세상에 대한 분노를 싸움으로 풀었다. 권투와 합기도는 그때 익혔다. 말하자면 불교에서 나오는 괴물, 아라한阿羅漢으로 살았던 것이다. 그러다 고등학교 2학년 때 스님 노릇 제대로 하겠다고 산사에 들어갔다가 오늘에 이르렀다는 것이다.

"내려와 보니, 너무 바빠요. 저보다 더 큰 사람들은 산에서 수행을 하시는데, 여기가 너무 바빠요. 제가 해야 할 일이 많더라고요."

조류독감 때문에 양계장이 떼로 망했을 때엔 일일이 찾아가서 중장비로 닭들 묻어주고 고사를 지내줬다. 고사, 그냥 목탁 두드리며 염불하는 게 아니다. 읍내 유흥업소 고사 지낼 때는 땅바닥을 뒹굴며 염불을 외웠다. "장사 잘 굴러가라고" 그리했다는 것이다. 태풍으로 쑥대밭이 된 어느 가두리양식장에서는 며칠 밤을 새며 그물들을 꿰맸다. 돈 한 푼 받지 않았다고 했다.

"절에 오는 분들이 천 원씩 만 원씩 시주를 하시는데, 그걸로 충분히 먹고살아요."

그리하여 이 괴이한 스님이 소유하게 된 경력은 이렇다. 일본 잠수기술협회 한국대표 지도자, 한국미술대전 대상 수상, 국제예술대상전 한일작가교류전 추천작가, 탱화·단청 전문가, 승마 장애물 지도자, 심폐소생술 인명구조봉사단 강사, 영통매직 대표, 마술사, 영통스킨스쿠버 대표. 그래서 '사장'이다. 이런 기행이 소문나면서 한 방송사 PD가 찾아왔다. "방송 안 한다고 거절하다가 '섭외 못하면 죽는다'고 해서 불쌍한 중생 살리자고 한번 나갔다"고 했다. 그리고 스타가 되었다.

작업복 대충 걸치고 다니는 그를 사람들은 '땡추'라고 불렀다. 그러다가 기행奇行의 속내를 알게 되면서 달라졌다.

"고등학교 졸업하고 못 봤다가 5년 전에 다시 봤는데, 남기야, 남기야 하면서 한 2년 지내다가 저절로 존댓말이 나오고 스님이라고 부르게 됐어요."

고등학교 동창 이상인42세 씨가 말했다. '슬쩍 만져줬던' 불량배 한 사람은 이후 스님한테 심폐소생술을 배우고 스쿠버다이빙을 배워 사람 목숨을 살리고 있다.

절에 사람들이 여럿 모이자 스님이 마술사로 변신했다. 법당에 붙어 있는 미용실 거울 앞에서 분장을 하더니, 무대에 올라 손수건에서 비둘기를 꺼내고 지팡이를 꽃으로 바꾸고 사람을 허공에 띄운다. 박수가 터진다. 약간은 어설픈 무대, 그리고 그보다 조금 더 어설픈 공연이지만, 그가 누구인가. 속세를 떠나 수행을 하고 있는 스님이 아닌가.

그때 어디선가 전화가 왔다. 행주대교에서 사람이 빠졌다는 것이다. 스님이 마당으로 나가서 공기통에 공기를 채우기 시작한다. 절집은 부산해졌고 마술사가 손님을 떠나보내며 한마디 한다.

"명색이 중인데, 죽고 나서 사리 안 나오면 쪽팔리잖아요. 그래서 냉면 사리 엄청 먹어요."

이렇게 말하고 혜관은 요사채로 들어갔다.

2

스스로 선택한 천직

門, 2005

연 할아버지 노유상

신선처럼 하늘을 날고 싶었던 노유상, 연鳶을 만든다. 백 년째다. 식민지와 전쟁과 억압에 이 땅이 풀잎처럼 엎어진 사이, 노유상은 하늘을 훨훨 날며 신선과 함께 노닐었다. 하늘을 닮은 맑은 눈동자와 어린아이처럼 순진무구한 미소를 가진, 신선이 되었다.

노유상

"요새 사람들, 한 200미터 연 날리면 놀라는데, 고거이 우리한테
는 장난이요. 우리 어릴 적엔 마을 사람들이 이 산이랑 저 산에서
연 띄워놓고 연줄 끊어먹기 했다고. 연줄이 한 2킬로미터 됐지, 아
마? 정말 신선들이 노는 거 같았어."

노옹老翁 주름이 확 펴진다. 굵고 정정한 목소리를 타고 '백 년 전'
이야기가 계속 들려온다.

"연줄이 끊어지면 연이 날아가잖아요? 그러면 우리 애들은 산 너머
로 연 주우러 냅다 달리는 거야. 하늘만 보고 달리다가 거름 밭에도
많이 빠졌더랬지. 정말 재미났었어요." 노인 입가에 웃음이 핀다.

두산杜山 노유상. 1904년 생이니 올해로 104세다. 3·1 만세운
동이 터졌던 1919년, 고향 황해도 장연에서 보통학교 담임선생님으
로부터 연을 배웠다. 신선들과 노닐던 연에 빠져 평생을 돈도 안 되
는 전통 연 복원작업에 몰두하다가 어느덧 세월이 이리 되었다. 큰아
들 성규 씨는 노유상의 호를 물려받아 2대 두산으로 연을 만들다
2004년 하늘로 떠났다. 50세였다. 그러자 대학 다니던 손자 노순 씨

가 자기도 연을 만들겠다며 3대 두산이 되었다. 세상은 계속 변해 정신을 차릴 수 없을 정도인데, 이 가족은 도무지 변하려 들지 않는다.

"순종 황제 시절에 황궁 경비대로 일하다가 북경에서 사업을 했어요. 34년인가 36년인가 거기서 민족 대항 연날리기 대회가 열린 거예요. 조선, 중국, 일본, 몽골 연들이 싸우는데, 조그만 조선 방패연이 다른 연들을 다 잡아먹어 버리는 거라."

놀랐다고 했다. 하늘을 종횡무진하던 방패연을 잊지 못했다. 그러다 해방이 되었고, 노유상은 육사에 입학해 군인이 되었다. 전쟁이 터졌다. "군대에서도 연을 만들었어요. 전투가 없는 날에는 들판에 가서 연을 날렸지. 그러니까 인민군들끼리 '노유상이 또 연 날린다'고 소근댔다지?"

1955년 대령으로 예편해 서울에 터를 잡았다. 그때 이승만 대통령이 아랫사람들에게 전국연날리기대회 개최를 지시했다. 지시는 서울시장에게, 총무국장에게, 과장에게 속속 하달됐다. 그런데 아무도 연 날리는 법을 알지 못했다. '전신주 주변에서 연날리기 금지'라는 일제시대 법, 그놈의 법 때문에 해방 후에도 서울에서는 연 날리는 사람이 드물었다. 어느 날 골치를 썩고 있던 담당 과장 귀에 신문로 하늘에서 연을 봤다는 제보가 들어갔다.

"어느 날 저녁이었어요. 통장이 어떤 사람이랑 집에 와서 물어요. 나보고 연 날렸냐고. 그렇다고 했더니 무릎을 탁 치면서 같이 가재요."

그리하여 시장을 만났고, 이듬해 1956년 음력 2월 14일, 〈제
1회 전국연날리기대회〉가 청계천에서 열렸다. 바람이 불지 않아 대
통령과 장관들, 주한 대사들이 닷새 동안 추위에 떨며 대회를 지켜봤
다고 한다. 대회는 이듬해 한국일보 주최로 바뀌어 지금까지 이어지
고 있고, 노유상의 연 만들기 인생은 그렇게 화려하게 막을 올렸다.

그런데 가난했다. 죽었다 깨어나도 기계로는 못 만드는 연이
었다. 돈만 생기면 전국 방방곡곡을 돌아다니며 자료를 수집하고 전
통 연 체계를 만드느라 고생만 실컷 하다 세월이 갔다. 가난도 가난이
거니와, 전통문화를 복원한다는 자부심을 알아주지 않는 세상이 속상
했다. 한국의 전통 연 체계는 노유상이 다 만들었다. 지금 쓰는 얼래
도 그가 복원했고, 연에 그려 넣는 문양, 연 기술, 제작 기술도 그가
다 체계화했다. '살아 있는 역사'라는 말은 이럴 때 쓰는 말이다.

노유상이야 자기 고집으로 자기 좋은 일 하고 살았지만 29세
연하인 부인 임수월75세 씨는 무슨 죄가 있길래. 며느리 김향숙53세 씨
는 "시어머니가 정말 고생하셨다"고 했고 노유상 본인도 "우리 할마
이가 잘해 왔다"고 했다. 먹는 거, 입는 거 절대 남에게 비루하게 굴
지 말라며 경제를 해결했다고 했다. 정작 함께 늙은 아내는 "노 선생
이 연 안 만들었으면 내가 어떻게 이 대접 받고 살았겠냐"고 했다.
"각종 국제대회에 근 육칠십 번씩 부부 동반으로 초청받아 놀다 왔

연 할아버지 노유상이
손자 순과 함께 작업실에 앉았다.

지, 지금은 존경받지, 뭐가 더 필요하냐"고. 임수월 씨는 1970년대 연날리기대회 부녀부에서 우승을 휩쓸다가 "남편이 대회 주최하고, 마누라가 우승하고, 이런 법이 없다"는 주변 항의에 여섯 번 우승하고는 관뒀다. 노유상은 1992년에 비로소 '서울시 지정 무형문화재 4호 지연장紙鳶匠'으로 지정됐다.

며느리 향숙 씨는 서울대 간호학과 출신이다. 젊을 때 고생 좀 하면 늙어서 편하게 살겠지 싶어서 연 만드는 청년 성규에게 시집왔다.

"문화는 절대 안 망할 거라는 비전이 있었어요. 그런데 편해질 만하니까 그이가 가버렸어요. 먼저 갈 줄은 생각도 못했는데……."

남편을 장지로 떠나 보내기 전날, 아들 순이 엄마한테 말했다. "내가 연을 만들래." 기어다닐 때부터 아버지한테 "너도 크면 연 만들어야지"라는 말을 들으며 자란 아이였다. 너무나도 자연스럽게 순은 3대 두산이 되었다.

"할아버지랑 아버지가 해놓은 일이 너무 아까웠어요. 이걸 내가 완성해야겠다고 작정했어요."

수제칼을 만들던 삼촌 성도 씨가 죽은 형 뒤를 이어 노유상의 전수자가 되었고, 3대 두산은 그 하나 아래 이수자가 되었다. 학교는 잠시 휴학했다. 굳이 컴퓨터 공부를 할 필요를 느끼지 못했다.

김포공항 부근에 있는 3대 두산의 집은 '한국민속연보존회'

라는 간판이 붙어 있다. 연 작업실인 거실은 한지, 대나무, 얼레 등의 연 부속품이 빽빽하나. 요즘은 대단히 바쁘다. 연에 대한 관심이 높아지면서 초등학교에서 연 조립세트 주문이 늘고 있고, 문화센터에서도 연 제작과 날리기 강습이 많다. 먹고살 만하다고 했다.

연희동에 따로 사는 노유상은 일주일에 한 번씩 재동에 있는 서울무형문화재 교육장에 나가 연을 날린다. 2006년에 엉덩이를 다쳐 지팡이를 들고 다니지만 기억력도 목소리도 정정하다. 백 년 넘도록 하늘만 바라보고 살아온 눈, 바늘귀 꿸 정도로 또렷하다. 연 할아버지, 무병장수하시라.

紅蓮, 2002

"문화는 절대 안 망할 거라는 비전이 있었어요."

山, 2005

성우이용원 이발사
이남열

태양에서 출발한 빛이 지구에 도착하는 데 8분 20초가 걸린다. 그러니까 지구인은 언제나 8분 20초라는 종말론적인 시간을 살고 있다. 빛의 변화를 감지하는 순간, 이미 그 변화는 8분 20초 전에 종료된 것이다. '지구가 멸망할 정도로 거대한 태양이 폭발했다는 사실을 알게 되었다'는 명제는 성립할 수 없다. 그런데 이남열은 지구 멸망의 순간까지도 면도칼과 빗과 가위를 놀릴 사람이다. 천하의 고집쟁이 이발사다.

이남열

이발사 이남열. 2008년으로 나이가 59세인데, 그가 운영하는 이발관은 1927년에 문을 열었으니, 올해로 딱 81년 되었다. 서울 마포구 공덕동 만리동시장 뒷골목에 있는 '성우이용원'인데, 개업 이래 한 번도 그 자리를 뜨지 않은 이발소다. 외할아버지가 하던 걸 물려받은 것이라고 한다. 외할아버지에서 아버지, 아버지에서 아들로 이어진 공덕동 이발사 이야기.

만리재길 만리동시장 초입에서 고개를 올라가다 보면 배문고등학교가 왼편에 나온다. 이발소는 이 학교에서 조금 더 올라간 오른쪽 골목 안에 있다. '성우이용원'. 커다랗게 붙어 있는 간판 아래 쌓인 세월이 만만치 않다. 연탄재 네댓 개가 포개져 있는 계단 위로 색바랜 나무 문이 삐죽이 열려 있다. 깨진 유리창을 셀로판테이프로 대충 막아놓은 문 오른편에 만국 공통 삼색 이발소 표시등이 돌아간다. 세월은 집을 찌그러뜨려 문짝이랑 창틀 아귀가 어긋나 있다. 사진을 찍으려 하자, 이발사가 웃는다.

"이 자리, 우리 아버지도 바로 이 자리에서 사진 찍으셨는데."

잘린 머리카락이 튕겨나가지 않고 곱게 바닥으로 떨어지는 가위와 그 가위손.

"외할아버지(서재덕·작고)께서 저 아래 숙명여대 근처와 여기에서 이발소를 했어요. 일제 때 이발사 면허증 2호였다죠. 그때 직원으로 일하던 우리 아버지(이성순·작고)가 마음에 들어서 사위로 맞았어요."

당시 만리재는 복숭아밭이었다. 외할아버지는 복숭아밭 한가운데에 난 길가에 집을 지어 이발소 2호를 차렸고, 외할아버지는 몇 년 후 사위에게 가게를 물려줬다고 했다. 그 집이 지금 외손자가 일하는 이 집이다. 이발소 이름은 아버지가 지었다. 이남열도 이 집에서 1949년 태어났다.

아버지는 전쟁통에 돈을 벌었다. 미군부대로 출장 다니며 머리를 깎아줬는데, 언제 총 맞고 죽을지 모를 병사들은 머리 곱게 다듬고서 팁을 듬뿍듬뿍 줬다고 했다. 전쟁은 끝났다. 폐허 속에서 집안은 다시 가난해졌다. 중학교를 마친 어린 남열은 아버지 밑에서 이발 기술을 배웠다. 1965년 아버지는 아들에게 이발소를 물려줬다.

"우리 아버지께서 스포츠머리 일인자셨어요. 아버지 눈에 들면 A급이라는 거죠."

그래서 열심히 아버지 밑에서 기술을 배웠는데, 세월이 지난 지금 그가 말한다.

"삼십 년 지나니까 면도기랑 가위 '날'이 뭔지 알겠던데, 지금은 그 연장 가는 법 좀 배운 거 같아요."

1980년대, 많은 이발소들이 시설을 확장해 이상야릇한 이발소로 변신했다. 그때 이발과 면도보다는 다른 서비스로 돈을 빌던 입소들에게 고객을 빼앗겼다. 그리고 이어 미용실들에게 엄청나게 많은 손님을 빼앗겼다. '변해야 하나?'

　　"고민 끝에 결론을 내렸어요. 안 변하는 게 살 길이다, 완벽한 기술로 승부하자, 내 이발 기술이랑 서비스가 완벽하면 확장 이전 같은 거 없어도 된다, 뭐 그런 생각했죠."

　　그랬더니 발길 끊었던 사람들도 하나 둘씩 돌아와서 이남열에게 머리를 맡겼다. 그리고 IMF가 터졌다.

　　"중산층이 사라졌잖아요. 그때 중산층들, 무조건 시설 좋은 데 가서 돈 뿌리고 살았는데, 직장 해고당했잖아요. 그래도 머리는 깎아야잖아? 그래서 난 웃었지."

　　시쳇말로 '돈 있다고 까불던 사람'들이 시장 골목 찾아와서 머리를 맡기더라는 것이다. 그러면 이남열은 골목까지 사람들 줄 세워놓고 윗머리치기, 중간머리치기, 숱치기, 마무리치기를 할 때마다 각각 가위랑 빗을 따로 꺼내 느릿느릿 돈을 벌었다.

　　"각 단계마다 연장이 달라야 해요. 그래야 깎은 듯 안 깎은 듯 자연스런 머리가 나오지요."

　　그때 왕창 번 돈이랑 저축한 돈 삼천만 원으로 대학교 다니는 아들 용돈이랑 학비를 댄다.

눈 어두운 자들의 흉기 혹은 이발사의 연장.

나무판은 아이들 앉혀놓는 판이다.

네 평 남짓한 내부에 눕히는 기능만 살아 있는 전동의자가 딱 세 개, 타일 붙인 욕조와 세면대, 물 데우는 연탄난로가 형광등을 받아 녹색으로 빛난다. 이발사가 '연장가방'을 꺼낸다. 면도기와 가위, 빗을 조심스럽게 꺼내 보인다. 모두 최소 40년 된 것들이다.

　　"이게, 나한테는 연장이지만 남 손에 들어가면 흉기잖아요. 그래서 늘 가지고 다녀요."

　　이남열이 쓰는 면도칼은 무쇠로 만든 백 살 먹은 독일제 '쌍둥이표' 칼이다. 이 칼을 매일 아침 독일제 숫돌에 갈아 1950년대 미군부대 PX에서 산 말가죽에 문지르면, 수염을 깎을 때 '징징'하고 울어댄다고 한다. 40년 된 무쇠가위.

　　"요건 깎으면 머리카락이 아래로 떨어지죠. 보통 가위는 팅팅 날아가거든. 이걸로 깎아야지 스포츠머리가 나와."

　　칠백 원 주고 산 가위, 백만 원 줘도 안 판다고 했다. 빗도 마찬가지라서, 30년 넘게 써서 이가 몇 개 달아난 빗을 써야 제대로 드라이를 할 수 있다고 했다.

　　아무리 서비스로 승부한다고 해도 낡디낡은 이 이발소를 고집하는 진짜 연유는 아닌 듯했다. 몇 차례 채근에 이남열이 젊은 시절 얘기를 들려준다.

　　"…… 이발소 물려받고 거의 일을 안 했어요. 연장가방이랑 명심보감 들고 한 십오 년 팔도를 떠돌았어요. 아버지한테 혼도 많이 났죠. 시골 마을 이발소에서 잠 자고 세수하고 일 도우면서 기술을 시험했어요. 산골 가서 어른들 머리도 깎아주고 밥도 얻어먹었어요."

그렇게 세상공부 해보니까, '그저 손님들 머리 잘 깎아주고 만족하게 해주면 그게 제대로 사는 거겠구나' 싶더라고 했다. 그래서 나이 서른아홉에 방황 마치고, 그때까지 썼던 글들 다 태워버린 뒤, 마음 알아주는 사람 만나 결혼해서 지금까지 시장통에서 열심히 머리 깎아주고 산다고 했다. 이발 기술에 관한 한 대한민국 최고가 되겠다는 생각으로 살고 있다고 했다. 한 사람당 한 시간씩, 하루에 더도 덜도 아닌 딱 열 명만 깎아주고 그럭저럭 산다고 했다.

문을 연 이래 집 주소가 세세한 번지수는 제외하더라도 세 차례 바뀌었다. '경기도 고양군 용강면 공덕리' 복숭아밭이던 만리재 고개는 '경성부 공덕정'을 거쳐 '마포구 공덕동' 주택가로 변했다. 복숭아밭 골짜기였던 이발소 앞길은 골목이 되었고, 시장통 한가운데에는 큰길이 뻥 뚫렸다. 박정희 옛 대통령 아들이 배문고등학교에 입학하고 뚫린 길이라, '박지만길'이라고 불린다. 그렇게 산천山川도 다 바뀌었는데, 이발소는 팔십 년 세월 동안 그 자리에 머물러 문을 연다. 대학 다니는 아들은 이발소를 물려받지 않겠다고 하니, 이 고집쟁이가 딴 생각을 먹으면 그 자리, 그 길 앞에는 누가 줄을 서서 어느 이발사 손에 머리를 내밀 것인가.

山-2, 2005

고전음악감상실 하이마트
김순희

너무 큰 소리는 들리지 않는다. 지구가 공전하는 소리와 꽃이 피는 소리. 사십억 년 전 탄생해 지금껏 우주의 한 부분으로 소임을 다하고 있는 대지大地의 율동, 그리고 보이지도 않는 씨앗에서 시작해 뿌리를 내리고 줄기를 만들고 다시금 꽃을 피우는 작업, 개화開花. 김순희는 소리 없이 음악감상실에서 낡은 음반을 틀고 있다. 아버지가 싹 틔워 그녀가 피우는 꽃, 아들이 다시 가꾼다.

김순희

대구 도심, 대구백화점 본점 거리는 늘상 최신 유행으로 몸치장한 인파들로 북적인다. 그곳에서 한 구역 뒤편 낡은 건물 2층에 '하이마트'가 있다. 고전음악감상실이다. 처음 문을 열었던 아버지는 하늘나라로 떠났고, 지금은 환갑 된 딸이 불을 밝힌다. 1957년 5월 13일부터 지금 이 순간까지 50년 다 되도록 단 하루도 문 닫은 적 없다.

아버지 김수억 작고

서울에서 사업을 하던 김수억. 미군부대와 미국에 있는 친척을 통해 클래식음반을 사 모으던 음악애호가였다. 그렇게 모은 음반이 수천 장. 1950년 한국전쟁이 터졌다. 서른세 살 가장 김수억은 트럭에 음반을 가득 싣고서 부인과 무남독녀 순희를 태워 대구로 피난을 떠났다.

전쟁이 끝났다. 그런데 음반들을 가지고 수천 리 서울로 돌아갈 생각을 하니 막막하더라는 것이다. 딸 김순희는 "그때 음반이 워낙 귀해서 가다가 깨지기라도 할까봐 아버지께서 망설이셨다"고 기억한다. 머뭇대다 칠 년이 흘러갔다. 결국 대구를 떠나지 못하고 고전음악감상실을 열고 말았다. 이름은 하이마트Heimat. 독일어로 '고향'이라는 뜻이라고 했다. 1957년 5월 13일이었다. 빵집 하자는 딸에게 "빵만으로 살 수는 없다"고 아버지는 말했다.

먹먹한 전후 세상. 사람들은 문화에 굶주렸다. 화전동 한 건물에 하이마트가 문을 열자 하루에 사백 명이 넘는 손님이 몰려들었다. 김순희는 "주말만 되면 헌병들이 나와서 교통정리도 하고 줄도 세우곤 했었다"고 회상했다.

딸이 고등학생이 되었다. 아버지는 여고생 순희에게 "주말에 교복 입고, 칼라에 풀 먹여서 감상실에서 일하라"고 했다. "남들은 외동딸을 공주처럼 키운다는데, 나는 왜 주말에 교복까지 입고, 이런 지겨운 짓을 해야 하냐"고 푸념했지만, 딸은 어느 틈에 드보르자크가 좋고 브람스가 좋아지기 시작했다.

딸 김순희 61세

1969년 5월 26일. 당뇨를 앓던 아버지가 입원했다. 응급실 병상에서 아버지가 어머니에게 말했다. "임자, 감상실 좀 맡아주지?" 어머니는 "돈 안 되고, 바깥출입도 못하는 일, 일어나서 당신이 계속 하소"라고 대꾸했다. 병 앓는 남편 얼른 회복해서 집으로 돌아오라고 던진 핀잔이었다. 하지만 구닥다리 고전음악감상실을 찾는

'전축실'에서 보이는
하이마트 내부.
테이블에는 김순희의 선친
김수억의 초상화가 걸려 있다.

사람은 하루 이십 명 정도로 줄어 있었다. 딸과 아버지의 눈이 마주쳤다. 저절로 말이 튀어나왔다. "아이고, 아무 걱정 말아요. 네기 맡아서 할 테니까 아빠는 얼른 일어나." 대학교를 졸업한 순희가 큰소리를 쳤다.

"다음날 돌아가셨어요."

김순희는 그제서야 왜 아버지가 주말마다 자기를 감상실에 묶어뒀는지 알게 되었다고 했다. 그 후로 딸은 매일 아침 감상실 문을 열고 청소를 하고 음악을 틀었다. 장비를 손보고, 카탈로그를 보면서 새 음반을 주문하고, 손님이 오면 해설을 했다. 손님 없는 날이 더 많았다.

"그 해 추석날 하루 집에서 쉬는데, 누가 문을 두드려요. 열어봤더니 학생 때 감상실에 오다가 외지로 나간 사람들이었어요. 추석이라고 고향에 돌아와서 하이마트를 찾아왔는데, 문을 닫으면 어떡하냐는 거예요." 그날 이후 김순희는 외국은커녕 대구 바깥으로도 나가본 적이 없다.

1983년, 줄어드는 손님을 견디다 못해 새롭게 상권이 만들어진 이곳 공평동으로 이사했다. 아버지 1주기 때 단골 조각가가 만들어준 대형 부조상도 함께 옮겨왔다. 베토벤을 위시해 브람스와 슈만 등 고전음악가들이 한쪽 벽에서 말없이 객석을 바라본다. 그 옆 전축실에는 아버지 때부터 쓰던 피셔 진공관 앰프부터 최신 DVD플레이

어까지 장비가 빼곡하고, 전축실 한쪽 벽면에는 LP판이 수천 장 꽂혀 있다.

그동안 남편 박영호68세 씨를 만나 결혼했다. 아들 둘에 딸 하나를 낳았다. 세 아이는 모두 감상실 소파에서 키웠다. 기저귀도 소파에서 갈았고 젖도 소파에서 물렸다. 건축업을 하던 남편은 그게 안쓰러워 가끔씩 하이마트를 기웃거렸지만 "남자가 감상실 하면 째째해진다"는 장모 때문에 뻑 하면 쫓겨났다. 그래도 딸은 "아버지 뜻으로 알고 맡았고, 이제는 내가 음악이 좋고 음악을 찾는 사람이 그래도 있기에" 문을 닫지 않았다.

시인 김춘수, 신동집, 그리고 정신과 전문의 이시형 박사 얼굴도 자주 보였다. 한 트럭 쌓여 있던 구식 SP판은 단골이었던 작곡가 나운영 선생 기념관에 몽땅 기증했다. 띄엄띄엄 찾아오는 손님들, 그리고 그 옛날 단골들이 몇 년 전 하이마트를 살리자며 '대구악우회'라는 동호회를 만들어 이곳에서 정기적으로 모인다.

외손자 박수원36세

어느 날 고3이던 맏아들 수원이 물었다. "엄마, 나 음대 가면 안 될까?" "절대 아니 된다. 뒷바라지해 줄 돈도 없고 음악가의 길이 얼마나 힘든지 너도 알잖니." 그래서 아들은 취직 잘 되는 영남대 무역학과에 입학했다. 대학생 아들은 큼직한 가방을 들고 다니며 자정

하이마트 전축실에는 피셔 진공관 앰프부터 최신 DVD플레이어까지 장비가 빼곡하다.

이 넘도록 공부하고 돌아오곤 했다.

1998년, 영남대 음대 교수 한 사람이 감상실에 찾아왔다.

"서울에서 오디션이 있으니까 수원이 꼭 보내세요."

4년 내내 아들에게 오르간 연주 레슨을 해준 교수였다. 4년 동안 엄마는 감쪽같이 속은 것이다. 그제야 커다란 아들 운동가방을 열어봤더니 오르간 악보와 노트, 별의별 음악 서적이 다 들어 있었다. 김순희는 아들에게 정말 미안했다고 했다. 북돋워주기는커녕 하지 말라고 막았으니까. "그때부터 거러지(거지)처럼 살았어요." 거짓말쟁이 아들을 둔 아버지 박영호 씨가 말했다.

아들은 오디션에 합격해 1999년 프랑스 리용에 있는 고등음악학원으로 떠났다. 그러더니 파이프오르간을 전공해 2004년 최우수졸업을 했다. 아들은 2006년 귀국했고 귀국연주회 마친 후 2007년 하이마트를 물려받았다.

지금은 외할아버지가 쓰던 피셔 진공관 앰프에 손자가 전원을 넣고, 청소를 하고, 먼지를 털고, 턴테이블에 음반을 얹어 감상실 가득 음악을 채우고 있다. 3대에 걸친 음악과의 인연. 지겨운가, 아름다운가, 아니면 미친 짓인가. 당신은 어디에 있나.

나무 여덟 그루가 서 있는 밀밭, 2006

엿장수
윤팔도 · 윤일권

많은 예술과 높은 가치들을 일부 특권층들이 독점해 누리는 경우가 있다. 그들이 누리지 않는 여타의 가치들은 속칭 잡놈들의 것이 되었다. 설령 잡것들 속에서 아름다움과 고결함이 엿보였다 하더라도 그것은 그리 큰 의미가 없었다. 하지만 세상은 많이 변하여, 이제 그 잡것들의 세상이다! 한 엿장수가 말한다. 휘이~, 이 대단한 양반들아, 엿이나 드세!

윤팔도, 윤일권 부자

아버지는 평생 장터를 떠돌며 엿을 팔았다. 방방곡곡 돌아다녔다고 이름도 팔도八道, 윤팔도로 바꿨다. 원래 이름은 윤석중, 2008년 현재 81세다. 서울에서 엿 세 근1.8킬로그램을 떼오면 수원까지 걸어가며 팔 수 있었다. 그러면 수원에서 또 엿 세 근. 그렇게 장터에서 팔아 돈 벌면 다음날 아침엔 그 돈 간 곳 없다. 진짜로 '엿장수 마음대로' 돈을 써대며 66년 동안 엿을 팔았다. 그런데 번듯하게 대학 졸업하고 직장 다니던 막내아들이 "나도 엿 팔래요" 하고 회사 때려치우고 아버지 밑에 들어왔다. "내가, 그 놈을 죽이고 싶었슈."
죽어라 돈 벌어서 공부시켰더니 한다는 얘기가 엿장사를 하겠다니. 2003년이었다. 대학 나온 아들 일권37세이 엿판에 뛰어든 지 4년 된 2006년, 자그마치 2억 원어치를 팔았다. 2007년은 3억이었고 언젠가는 미국이랑 일본에 수출해 2백억 원을 벌겠다고 했다. 아무리 엿장수 마음대로라지만, 도대체 어떻게?

충북 청주 운천동에 '윤팔도 전통엿'이라는 가게가 있다. 윤 부자가 운영하는 엿공장이다. 아들이 말했다.

"우리 아버지께서 나이 일곱에 가난 떨치려고 남사당패에 들어갔는데, 잘해도 두드려 패고 못해도 두드려 패더랍니다. 그래서 칠 년 만에 도망가다가 엿장수를 만났다지요."

동지섣달, 홑고무신 달랑 신고서 추위에 벌벌 떨며 엿장수 따라 계룡산 산속 엿방(엿 만드는 공장)에 갔더니 엿을 고느라 장작불 지펴 있지, 엿물로 밥 지어 먹지 그리 좋을 수가 없었다고 했다. 그래서 어린 석중은 엿방에 살면서 머슴일로 엿판에 발을 디뎠다. 밤이면 남사당에서 배운 장단과 가락을 풀어 동전 용돈도 벌었다. 아버지 윤팔도가 말했다.

"엿장수라는 게 지조도 없고 남 조언도 못 받는 직업이라 '엿장수 마음대로'라고 해요. 벌어서 어디에 써야 하는지도 모르니까 버는 대로 술 받아먹고 살았죠."

열아홉 살 되던 해, 해방이 되었다. 성년이 된 윤팔도는 고참들 아래를 떠나 독립했다.

"상술을 알면 돈 벌겠다고 생각했어요. 내가 음악을 알고, 재주가 있으니 다르게 팔아보자고 다짐했지요."

우선 '몽둥이만 한' 엿을 만들었다. 다른 엿장수들이 엿판을 목에 이고 다닐 때 윤팔도는 리어카에다가 엿판 세 개를 얹고 그 위에 몽둥이 엿을 장작 쌓듯 쌓아올렸다. 그리고 북 하나 사고 전파상에 가서 카세트테이프가 들어가도록 개조한 라디오를 샀다. 그리고 엿장수 왔다고 알리는 엿가위도 장단 맞추기 용으로 두 개 장만했다. 아들 일권은 "엿장수 쌍가위 장단은 우리 아버지가 원조"라고 했다.

동네 아이들이 싸우기만 해도 큰 구경거리가 되던 시절. 곡마단에서 단련된 끼와 북, 라디오로 무장한 몽둥이 엿장수가 나타나면 사람들이 구름처럼 몰렸다. 한바탕 장단을 펼친 다음, 엿장수가 이렇게 알린다.

"고철 안 받고, 양은, 구리, 신주(황동·청동 따위) 셋 중 하나만 가져오면 이 몽둥이 하나!"

쌀 한 가마니가 2천 환 하던 시절에 윤팔도는 하루 2만 환을 벌었다. '팔도가 나타나면 지나가던 개도 갈비를 뜯는다'는 말이 돌았다. 물론 그 돈, '엿장수 마음대로' 사라졌다. 결혼은? 충남 광천 장바닥에서 엿 팔다가 윤팔도 장단에 폭 빠진 여자와 결혼했다.

"엿장수한테 누가 딸을 주겠어요. 그래서 같이 고향 논산으로 야반도주했어요."

그리하여 광천 처녀 김종숙71세 씨에게 고생문이 활짝 열려버렸다. 남편은 허구한 날 집을 비웠고, 하나 둘 낳은 아이가 5남매. 막내 일권은 "우리 어머니가 닥치는 대로 노점도 하고 쌀 떨어지면 벼 이삭도 주워서 우릴 먹여 살렸다"고 했다. "아, 나는 그런 일 시킨 적 없어." 아버지가 민망한 표정으로 끼어든다. "아버지가 시킨 건 없지. 어머니가 우리 굶기지 않으려고 한 거지."

윤팔도가 처음 세상에 내놓은 '쌍가위 장단'.

1985년, 엿장수에게 경사가 났다. 윤팔도는 〈KBS 전국노래자랑〉에 출전해 엿 팔 때 부르는 장단 '엿불림'으로 인기상을 받았다.

"불량 철통, 냄비, 주전자, 아, 데리고 살다가 별 볼 것 없다고 확 차버린 헌 마누라도 주세요~"

이를 계기로 TV 출연은 물론 밤무대에도 진출해 돈을 벌었다. 그런데 기획사가 출연료의 90퍼센트를 떼먹은 걸 알게 되었다. 그 무렵 '유흥업소 밤 12시 이후 영업금지' 조치가 떨어졌다. 하여 엿장수는 무대를 내려와 다시 엿장수가 되었다. 막내 일권은 엿장수 아버지가 창피해서 피해 다녔다.

"아버지 엿불림 소리가 2킬로미터 밖에서도 들려요. 그러면 친구들이랑 가다가 슬그머니 뒷골목으로 빠지곤 했어요." 그런 밉고 창피한 아버지를 이어 일권은 엿장사를 하겠다고 선언했다. "늦게 가진 막내라, 아버지께서 저를 예뻐하셨어요. 그래서 형, 누나들과 달리 저는 돈 들여 공부시키고 대학까지 보내셨어요."

2003년 윤팔도가 뇌졸중으로 쓰러졌다. "문득 60년 동안 한 가지 일만 해온 아버지가 존경스러운 거예요. 돌아가시면 엿불림 가락도 끊길 거 같았고…… 제가 성악을 전공했거든요. 누가 전승을 해줬으면 싶었는데, 그게 알고 보니까 저였더라고요. 또 잘만 하면 돈도 벌 것 같기도 했고."

사표를 내고 아버지에게 선언하던 날 아버지는 "죽으면 죽었지 안 돼" 하곤 돌아앉았다. 그러다 "아버지 엿불림 내가 보존하겠다, 엿으로 부자 되겠다"는 설득에 일당 3만 원씩 주면서 엿 만들기를 시키고 엿불림을 가르쳤다. 그런데 "음악 배운 놈답게 엿불림도 잘하고 엿도 잘 만들더라"는 것이다. 그리고 근대사의 한 골목을 장식한 엿불림, 이 가락을 보존하기 위해 CD도 만들었다. 아들은 아버지 엿불림이 문화재로 지정되기를 은근히 바란다.

그리고 일권은 엿 장사가 아니라 엿 사업을 시작했다.

"웰빙이잖아요. 엿을 천연재료로 제대로 만들면 이만한 건강식이 없어요. 그리고 폐백 때 쓰는 이바지 음식에도 엿이 꼭 쓰이니까, 유통만 잘 다지고 홍보만 잘 되면 돈 벌겠다 싶었어요."

팔십 된 아버지가 장터를 돌아다니며 한 해 2천만 원 버는 사이에 아들은 전국 폐백음식점과 기업, 호텔을 돌아다니며 유통망을 만들었다. 2006년에는 홈페이지도 열어서 온라인 판매도 시작했다. 아버지 유명세를 그대로 브랜드로 만들었다. '윤팔도 전통엿'. 엿에 녹차, 인진쑥, 인삼, 커피 같은 재료도 첨가해 색깔까지 갖췄다.

브랜드와 영업력, 그리고 제품개발까지 마치고 나니 장돌뱅이 시절 매출과는 비교가 되지 않았다. 2005년에 가볍게 1억 원을 돌파한 매출은 2006년 2억 원을 넘겼다. 2006년 추석 때부터 12월까지 하루도 못 쉬고 밤새 엿을 만들었다고 했다. 또한 전국 축제장에서 일주일 공연해 주고 부자가 받는 돈도 한 해에 수천만 원이라고 했다. 억대 매출, 아직 성에 차지 않는다. 아들이 말했다.

"2백억 매출이 계획입니다. 페백음식 시장이 2천억 원인데요, 그 10퍼센트는 잡을 자신이 있어요."

2백억 원 목표를 달성해도 시장통 리어카 공연은 계속한다고 했다. 해방 이후 아버지가 상술로 돈을 벌었고, 이제는 아들이 새로운 상술로 부자가 될 꿈을 꾼다. 진짜 '엿장수 마음대로' 아닌가.

그 뒤로도 오래도록 그는 거기 머물렀다고 한다, 2000

형제대장간
유상준 · 유상남

외갓집에서는 겨울밤, 방방에 모기장을 치고 모두 모여 귀신 이야기를 하곤 했다. 한참을 얘기
하고 나면 방에 있는 모든 것이 도깨비처럼 보였다. 빗자루도 도깨비, 그릇도 도깨비, 호롱불
도 도깨비……. 그러다 새벽녘에 오줌 마려워 잠에서 깨면 빗자루로, 그릇으로, 호롱불로 둔
갑했던 그 도깨비들이 한꺼번에 덤벼드는 것이었다. 언제라도 도깨비가 되어 아이들을 놀래킬
준비가 돼 있는, 호미와 낫과 칼을 만드는 대장간 형제 이야기.

형 유상준(오른쪽), 동생 유상남(왼쪽)

서울 은평구 수색역 정면에 가게가 하나 서 있다. 왼쪽은 주차장이고 오른편과 뒤편은 역 광장이니, 가장 가까운 이웃 상가도 100미터는 족히 떨어져 있는 외톨이다. 덩그러니 서 있는 그 가게 이름은 '형제대장간'. 천만 명이 살고 있는 서울에, 고속철이 분주히 오가는 이 시대에, 아귀가 맞지 않아도 한참 안 맞는, '대장간'이라고?

"대장간 일이 엄청나게 시끄러워요. 그래서 터를 고르고 고른 끝에 다른 상점들과 가장 떨어져 있는 이곳에 가게를 냈지요."

형제 대장장이 중에 형인 유상준54세이 말했다. 철도부지라, 상점이 있어서는 안 될 곳인데 어찌어찌하여 2007년 수색역사가 완공되고서도 살아남아 있다. 어찌 됐건, 독특한 위치에 대한 궁금증은 풀렸다. 그러면 어떻게 대장일을 하게 되셨는지?

"국민학교 졸업하면서부터 쇠를 만지기 시작했어요. 열두 살이었어요. 우리 아버지가 집에서 기르는 소의 편자를 잘 만드셨어요. 그리고 조기 옆에 모래내대장간이라고 있는데, 그 집 주인이 우리 옆집에 살았어요. 쇠 두드리는 게 하도 재미나게 보여서 가르쳐달라고

졸랐지요. 그랬더니 풀무질부터 하라고 하대요. 풀무질하면서 졸다가 불길 못 맞춘다고 엄청 맞기도 했어요. 그게 근 40년이 지나버렸네요."

모래내대장간은 가게에서 남가좌동 쪽으로 내려가면 나온다. 대장간 주인이던 박용신 씨는 2004년 여든두 살로 생을 마감했다. 박씨 밑에서 일을 배우고 나서, 암사동으로 옮겨가 가게를 내기도 했지만 어찌어찌하다가 다시 박씨네 가게에 와서 일을 했다고 한다. 그리고 형제대장간으로 독립한 게 10년 전 일이다. 개업과 동시에 다른 사업을 하다가 실직 중이던 동생 상남 50세이 합류하면서 상호도 '형제대장간'으로 정했다.

그 옛날에는 서울 곳곳에 대장간이 많았다고 한다. 지금은 유상준이 일을 배웠던 모래내대장간과 형제대장간, 그리고 은평구 불광동에 있는 불광대장간 이렇게 세 군데 정도. 모래내대장간은 지금 다른 대장장이 인수해 철물을 만들고 있는데, 그곳 이야기는 또 다른 시간, 다른 곳에 풀기로 하자.

왜 아직도 대장간을 하시는지? 유상준이 말했다.

"배운 게 이거밖에 없거든요. 애들이랑 먹고살아야 하니까 하지. 사명감이요? 뭐 그런 게 있으려고? 이거 해서 동생네랑 두 가족 먹고살 만하니까 하지."

국악을 하는 두 딸 교육비도 다 대장간에서 벌었다. 딸들은 툭

형제대장간에서 만든 두 연장.
왼쪽은 농사용 갈고리, 오른쪽은 무기용 갈고리.

하면 친구들을 끌고 와서 아빠 회사를 구경시킨다고 했다. 아이들 눈
망울은 '신기' '기기묘묘' 기타 등등의 단어들로 뒤덮인다고 한다.

처음 풀무질을 시작했을 때, 하루 일당이 호미 한 자루였다.
그때 당시 호미가 50원. 한 달 일하고 1,500원을 받았는데, 쌀 네 말
을 샀다고 했다. 그런데 지금은 농기구는 끝이다. 만들어도 그놈의
싸구려 중국제 때문에 팔리지가 않는다.

"여기에서 호미 하나 만들면 3천 원인데, 중국산이 8백 원이
에요. 농협에서도 중국제를 팔 정도니, 나라도 내 호미 안 살 거요. 그
런데 진짜 좋은 거는 주물로 만드는 중국제가 아니라 이렇게 망치로
두드려 만든 거거든. 그래서 좋은 거 찾는 사람은 여기 와서 사가요."

"농기구 만들기는 이 친구들이 한국에서 최고"라고 놀러 왔
던 친구가 말했다. 방송국도 귀한 고객이다.

"사극에 나오는 농기구들 있지요? 그거 우리 집에서 만든 거
예요. 대장금에서 주방 궁녀들이 쓰던 칼, 약초밭 갈던 호미랑 괭이
도 다 우리가 만들어줬어요. 아, 또 있다, 〈폭풍 속으로〉라는 드라마
에 나오는 고래 잡는 칼도 우리 거다. 사람보다 더 큰 칼인데 참 멋있
어요."

2006년 방영된 드라마 〈토지〉에서도 강원도로 쫓겨간 서희
가 여기서 만든 농기구로 밭을 일궜다. 특수부대에서 왔다면서 공비
들한테 빼앗은 무기이니 복제해 달라고 끔찍하게 생긴 갈고리를 내

민 사람도 있었다. 정말 소름 끼치게 생긴 놈이었다. 그리고 아예 디자인을 가지고 와서 희한한 철물을 주문하는 인테리어 디자이너들도 큰 고객이라고 하니, 치부致富는 못하더라도 먹고살 만은 하지 않겠는가.

도장도 이름도 안 찍혔지만 자기 건 바로 알아보는 게 대장장이들이다.

"작년에 누가 여기에서 샀다면서 망치를 고쳐달라는 거예요. 내가 뭐 아나, 새 걸로 바꿔줬지요. 그랬다가 야단맞았어요. 형님이 만든 게 아니랍니다."(동생 상남)

"2004년에 노 할머니 한 분이 칼 두 자루를 고쳐달라고 들고 왔어요. 얼핏 보니까 하나는 25년 전에 내가 만든 거고, 하나는 모래내 박 영감이 한 50년 전에 만든 칼이더라고요. 우리는 보면 알거든요. 그냥 새것 사시라고 하니까 하나는 시어머니 유품이고 하나는 자기가 아끼는 거라 꼭 고쳐달라는 겁니다. 그래서 고쳐줬지요."(형 상준)

반갑고 즐거웠지만, 그래도 돈은 받았다고 했다. 먹고살아야 하니까!

8평 반짜리 가게 안에 호미가 많기도 하다. 이북호미, 경기호미, 호남호미, 낙지 잡는 기다란 낙지호미, 조개 캐는 동죽호미, 바지락호미, 굴 까는 조새. 괭이도 여섯 종류고, 낫도 그만큼 다양하다. 갈고리도 많다. 하지만 그게 큰돈이 안 되는지라, 작업 가운데 많은 부분을 기계로 바꾸었다. 일일이 손으로 사르던 쇳덩이는 이제 프레스가 싹둑싹둑 잘라낸다. 손으로 밀어대던 풀무는 모터로 바뀌었다. 화로에서 나온 벌건 쇠를 애벌로 두드리는 큰 망치질도 기계가 대신한다. 대충 형체가 잡힌 쇳덩이를 모루에 놓고 망치로 치는 메질, 그리고 짬짬이 쇠를 물에 집어넣어 굳히는 담금질은 여전히 손작업이다. 대장일 40년에 눈도 나빠졌고 가는귀먹기도 했다.

하지만 피부는 여자보다 더 곱다는 것이다. "쇳물이 피부에 좋다고 하잖아요? 그래서 우리 집 물을 뜨러 오는 사람들도 많아요." 작년에는 당뇨병으로 썩은 발에도 좋다고 어떤 방송에서 떠들어서 물통 들고 온 사람들이 인산인해를 이루었다고 했다.

대장장이 옆집에 살면서 소발굽 편자 잘 만드는 아버지를 보고 자라던 아이가 이제 대장장이로 나이 50이 되었다. 동생도 형 따라 대장일을 하게 되었다. 두 딸은 그 대장간에서 나온 돈으로 어엿하게 커서 국악을 배우고 있다. 세월은 갔는데, 변한 게 하나도 없으니, 쉽지 않은 일이다.

"죽을 때까지 그냥 여기에서 망치질하고 싶은데, 그게 되겠어요?"

사명감이 없다고? 이게 사명감이 아니라면 뭐가 사명감이란 말인가. 입으로 사명감 사명감 하는 자들의 사명감은 무슨 사명감인가.

세 마리 새, 섬으로 가다, 2003

종장 원광식

슬퍼하지 않는다 기뻐하지도 않는다 침묵하거나 노여워하지도 않는다 별빛이 아름답거들랑 별들이 이미 폭발하여 허공의 먼지가 되었음을 안다 섬으로 섬으로 날다가 바다 건너 또 다른 뭍에 닿거들랑 그 뭍 위로 날아 끝없이 갈 참이다 바다가 마르고 강바닥에 해가 지면 그림자가 드리우던 그 자리를 다시 만나볼 참이다, 날아라 새들아.

시뻘건 쇳물에 한쪽 눈을 잃은 장인匠人 원광식. 슬픔도 노여움도 없이 종鐘을 만든다.

원광식

웬만한 사찰에 있는 종은 모두 이 사람이 만들었다. 산불 속에 녹아 버렸다가 2006년 복원된 양양 낙산사 동종(보물 479호)도 이 사람이 만들었다. 제야의 종을 울리는 서울 보신각종도 이 사람 작품이다. 1969년 이후 이 사람이 만든 종은 7천여 개. '세계 제일'이라 하는 신라 범종들도 이 사람이 복원하고 있는데, 정작 자신은 시뻘건 쇳물에 한쪽 눈을 잃었다. 나라에서는 7년 전 이 사람을 무형문화재로 지정했다. 그때 나이 59세. 꿈은 세 가지라 했다. 종 박물관 만들고, 신라 옛 종 다 복원하고, 그리고 종 만들다 죽는 것. 박물관은 2005년에 만들었고, 신라 종은 복원 중이고, 그리고 지금도 종을 만든다. 이름은 원광식66세, 중요무형문화재 112호 주철장鑄鐵匠이다. 장인匠人의 작업장은 충북 진천에 있는 성종사聖鐘社다.

"제 아버지와 나이가 비슷한 8촌 형님 밑에서 종을 배웠어요. 아들이 없어서 나더러 대를 이어달랍디다. 1963년 4월 6일이었어요. 연장 하나 제자리에 없으면 주먹이 막 날아왔어요."

하도 엄하게 일을 배워서 날짜를 또렷하게 기억한다고 했다.

먹고살기 위해 종을 배웠다. 그저 군대 갔다 오고 5 · 16이 터지고 나니 절마다 교회마다 종 수요가 엄청 늘어서 정신없이 일했다는 기억뿐. 그러다 결혼하고 석 달 뒤 쇳물이 눈에 들어가 오른쪽 눈을 잃었다. 청년 원광식은 1년을 방황하다가 다시 작업장으로 돌아왔다. 1970년이었다. 그가 말한다.

"제가 원래 뭘 만드는 걸 좋아해요. 그런데 돈까지 벌리니까 그 재미로 종을 만들었어요."

그런데 그때 예산 수덕사에서 당시만 해도 대한민국 최대 범종을 만든다고 했다.

"머리 깎고 절로 들어갔어요. 그거 내가 만들겠다고."

대웅전 옆에 작업장 만들고 절에 틀어박혀 종을 만들었다. 3년 걸렸다. 스승인 8촌 형님이 세상을 떠나고서 절을 나왔다. 작업장 주인이 되고 나니 '종 한번 제대로 만들어보자'는 오기가 생기더라는 것이다.

학자들을 찾아갔다. "내가 종 만드는 사람인데, 옛 종을 복원하고 싶으니 학회를 만들자"고 했다. "업자業者와 학자가 작당하면 보기가 좋지 않다"고 거절당했다. "돈은 내가 대겠다"고 몇 번을 우겨 허락을 받았다. 그렇게 한국 범종학회가 탄생했다. 원광식이 말한다. "종 만드는 거, 기술이 물론 중요하지만 옛 장인들로부터 전승된 이론 없이는 불가능하다고 생각했다." 그는 "품질 면에서, 소리 면에

종박물관 야외에 복원돼 있는 상원사종 비천문.

서, 미학적인 면에서 신라 종이 세계 최고"라고 했다. 무늬 하나를 배치하는 데도 종소리를 따져가며 새겼다고 했다. 그 정교한 문양과 유장한 소리를 만든 기술, 이름하여 '밀랍 주조기법'이다.

"중국에서 전래돼 신라가 개발한 기법인데, 초를 녹여서 거푸집을 만드는 겁니다. 초는 무르니까, 정교한 세공이 가능했던 거죠. 그런데 말로만 전해지고 실체가 없는 거예요."

물러터진 밀랍으로 거푸집을? 거푸집이라는 게 쇠를 녹이는 불구덩이에 집어넣어야 하는 물건이다. 만드는 족족 녹아내렸다. 이 기법이 고려조, 조선조에 사라지면서 정교한 문양은 사라지고, 청동 대신 철로 만든 둔탁한 종이 생겨났다.

1980년대, 비수교국가였던 중국의 장인들을 만나러 갔다. 모택동의 광기 어린 문화혁명에 장인들은 종적을 감췄다. 일본에도 갔다. 기술은 못 보고, 대신에 그들이 훔쳐간 신라 종들만 실컷 보고 왔다. 모두 허탕이었다.

"내가 엉뚱한 데를 짚고 있었어요"라고 했다. 신라 종은 모두 경주에서 만들었다. 경주 남산을 샅샅이 뒤졌다. "거기에서 활석을 찾아냈어요. 무르고, 내화력 좋고, 그래서 이걸로 밀랍을 감싸면 밀랍도 열을 견뎌요."

다음은 일사천리였다. 현 서울대 총장 이장무 공대 교수가 학생들과 함께 와서 컴퓨터로 종 두께, 소리 중심(엉뚱한 데를 때리면 잡소

종박물관 전경. 썩 훌륭한 박물관이다.

리가 난다고 한다)을 찾아줬다. 강철로 만든 현대식 거푸집을 덧씌워 쇠의 강도를 높였다. 그리고 다시 일본으로 가서 신라종이 있는 절들을 찾아다니며 실리콘으로 틀을 떠왔다. "죽어도 아니 된다는 거, 스님들한테 선물 보따리 주고 삼고초려로 떠왔다"고 했다. 일본에 있는 신라 종은 5개. 그 가운데 2개를 복원했다. 신라시대 밀랍주조 기법이다. 이 기법을 복원한 공로가 그를 무형문화재로 이끌었다. 대한민국에 단 한 명뿐인 종장鐘匠이니, 낙산사 동종 복원의 중책을 그가 맡은 건 당연지사다. 종에는 그의 이름이 자랑스럽게 새겨져 있다.

"지금 생각하면, 1970년대 만든 종들은 다 다시 만들어주고 싶어요. 그때는 뭣도 모르고 만들었어요."

싱가포르, 말레이시아, 일본에도 그가 만든 종이 소리를 낸다. 중학교 나와서 다른 공부 없이 흘러온 인생. 그래서 원광식은 아들에게 대를 이어달라고 했다. 하여 아들은 지금 일본에서 금속공학 박사과정을 밟고 있다. 아들 지도교수 말이, "박사과정은 네 아버지 밑에서 밟으라"고 했다고 한다. 아버지가 세계 최고인데 뭣하러 딴곳에서 길을 찾느냐는 것이다.

그리고 2005년 꿈 하나를 이뤘다. 종 박물관이 태어난 것이다. 충청북도와 진천군, 그리고 문화재청이 돈을 대고 원광식이 복원한 종 170개를 기증해 박물관을 지었다. 제대로 된, 훌륭한 박물관이다. 딸은 이 박물관에서 학예연구사를 하고 있다. 각 지자체마다 유행 중인 '도민의 종' '시민의 종' 덕택에 먹고살기도 숨이 틔었다.

"이제 종 만들다가 죽는 일만 남았어요."

먹고살려고 시작했던 '종 업자'가 어느덧 대한민국 '종의 역사'가 되었다.

새는 섬을 떠났다 나무는 새를 기다린다 머무는 나무 머무는 섬 머무는 안개, 夢, 1999

파이프오르간 마이스터
구영갑

호수는 겨울에 잠기고 섬은 안개에 싸였다. 섬 위에 가득한 나목裸木에 주인 사라진 새 둥지
가 떠 있다. 어느 겨울 아침, 춘천에서 목격한 장면이었다. 사진 한 장 찍고선 그저 입을 다물
었다. 그림 전시회에 화분을 들고 가는 것만큼 무례한 일이 없다고 한다. 신神이 만든 작품을
감히 하찮은 인간 작품에 들이밀어 화가를 쪽팔리게 하는 행위다.
하물며 신의 음을 내는 파이프오르간 마이스터, 구영갑 앞에서랴!

구영갑

2008년으로 26년째 독일에 살고 있는 구영갑53세은 마이스터 Meister다. 우리말로 명장名匠. 독일에서 그 분야 최고 장인에게 주는 자격이다. 빗자루 놓는 법부터 배우는 도제 생활 3년 반과 시험, 그리고 3년의 실무 경험 뒤의 또 다른 시험에 합격하는 사람만이 그 칭호를 받을 수 있다. 구영갑은 '파이프 오르간 제작 마이스터'다. 한국 사람으로는 구영갑 이후 한 사람 더 나왔다. 우리나라에도 마이스터 쿠가 만든 파이프오르간 15대가 있다.

프랑크푸르트 암 부르그호프Am Burghof 거리 17번지에 그의 작업장이 있었다. 아내 나혜경48세 씨가 운영하는 민박집 '예술가의 집' 창고다. 오후 6시가 되자 마을 교회 종이 울렸다. 구영갑은 거실에 꾸민 음악감상실의 진공관 앰프 전원을 올렸다. 〈모차르트 소나타〉가 부드럽게 공간을 울렸다.

파이프오르간이 내는 소리는 '천상의 소리'라고 흔히 말한다. 적게는 수백, 많게는 수천 개 크고 작은 파이프들이 높낮이 다르게 여운을 만들며 뿜어내는 소리, 굉장히 종교적이다. 주석과 납 합금, 혹은 나무로 만든 파이프마다 음색도 수십 가지 다르게 낼 수 있다. 길이 10미터가 넘는 파이프는 바람이 들어가도 소리가 나지 않는다. 귀가 들을 수 있는 주파수 범위를 넘는 음역이다. 대신에 듣는 사람 온몸이 부르르 진동하게 된다. 귀가 아니라 가슴, 아니 온몸으로 느끼는 음악이다. 1987년 베를린공대 음향학과 유학생이던 구영갑, 어느 성당에서 우연히 들었던 그 소리에 반해 험한 길로 뛰어들었다. 처음부터 음악을 했던 것은 아니다.

"고등학교 때 클래식에 완전히 미쳐 있었어요. 그런데 주변에서 의대를 가라고 해서 결국 재수 끝에 한양대 생물학과에 들어갔어요."

그는 75학번이다. 그런데 어느 날 반정부 시위를 주동했다가 구속되고, 제적되고, 군대로 끌려가버렸다. 소위 말하는 민청학련 사건이었다. 제대하던 그 해, 음악이 그리워 대전 목원대 성악과에 입학했다. 시험 보러 내려갈 때, 쫓아다니던 경찰을 수박 팔러 내려간다고 해서 따돌렸다. 79학번. 그런데 10·26이 터지고 봄이 오니까 한양대에서 복학하라고 연락이 왔다. 그래서 생물학과 대신에 작곡과 2학년에 편입시켜 달라고 했다. 80학번, 이렇게 그는 학번이 세 개다.

그 무렵, 독일에서 공부했던 한 교수로부터 독일에서는 어떤 것을 공부해도 학비가 무료라는 말을 들었다. 가난한 집의 8남매 가

줄루족의 마림바, 2005

소리가 들리시는지.

운데 막내였던 그는 당장 괴테문화원에 등록해 독일어를 공부하며 유학을 준비했다. 졸업과 함께 베를린으로 날아갔다. 전공은 음향학. 소리의 본질을 알고 싶어서였다고 했다. 자기 의지와 무관했던 생물학에서 성악, 작곡, 그리고 소리 그 자체로 구영갑의 관심은 점점 깊어갔다. 그 즈음 성악 전공이던 유학생 아내를 베를린에서 만나 결혼했다.

그러다가 파이프오르간 소리를 듣고 만 것이다. "음향이고 뭐고……." 1987년 구영갑은 차범근이 뛴 레버쿠젠에 있는 한 파이프오르간 회사에 들어가 도제수업을 시작했다. 넉 달은 공장에서 실습하고 한 달은 근처에 있는 루드비히스부르크에 있는 직업학교에서 이론을 배웠다. 도제徒弟, 말 그대로 종업원이 아니라 배우는 사람이었다. 아내 나혜경 씨는 "왜 남들 안 하는 짓 해서 가족 굶기려 하냐"고 반대했지만 남편은 "나 잘난 거 하나 없지만 자신 있다"고 했다. 소리가 너무 좋아서 어쩔 수 없었다고 하지만 현실은 어떠했겠는가.

소리에 홀린 중년 가장 구영갑은 베를린에서 오스트리아 빈까지 화물트럭 기사, 물 배달, 책 배달, 호텔 객실 창문 닦기, 채소 장수에 관광가이드까지 안 해본 게 없다고 했다.

대학 나오면 도제 기간을 1년 깎아주는 거, 싫다고 했다. 뭐가 뭔지 하나도 모르는데 더 오래 배워야지 어떻게 줄일 수가 있냐는 것이었다. 그래서 3년을 다 채우고 그 해 시험에 합격해 바우어Bauer, 제작자 자격을 얻었다. 그리고 그 회사에 3년 더 다니며 악착같이 공부해 1994년, 마이스터가 되었다. 실기시험 10시간씩 11일, 설계 및 파이프오르간 작품 1대 제작과 이론 12과목이라는 길고 지루하기까지 한 시험을 다 통과했다. 그때 독일 현지 신문들은 "한국 사람이 '우리' 파이프오르간 명장이 됐다"고 대서특필했다.

마이스터 쿠는 오르겔바우 쿠Orgelbau Ku라는 회사를 만들어 독일과 한국을 상대로 파이프오르간을 만들고, 사후 관리를 해주고 있다. 그가 만든 파이프오르간이 한국에 팔릴 때마다 프랑크푸르트 신문은 그를 화제로 올렸다.

"독일이었기 때문에 가능한 일이었어요. 국가가 많이 도와줬으니까요. 한국도 어서 문화적, 경제적으로 더 잘살게 되어 문화에 관심 많이 가지고 또 그만큼 지원이 있으면 좋겠어요."

아빠와 엄마를 보고 자란 딸 영원23세과 아들 영광21세도 음악을 한다. 피아노, 바이올린, 기타, 드럼 등 웬만한 악기는 제대로 배우지도 않았는데 잘 다루어 공연단 단원으로 활동할 정도다. 가슴과 마음이야 늘 넉넉하지만 마이스터 가족은 경제적으로는 풍족하지 않다. 한 대 제작하는 데 걸리는 시간이 파이프 수백 개짜리는 몇 개월, 수천 개짜리는 2~3년이 걸린다. 가격도 수억 원대. 수요가 많을 수 없다.

그래서 아내는 민박을 시작했다. 독일 월드컵이 열리기 직전이었다. 프랑크푸르트 도심에서 꽤 떨어져 있지만, 집 뒤에는 너른 밀밭이 있고 작은 강이 흐른다. 교회 종이 울리면 들녘은 붉은 노을로 물들고 대기에는 경건한 향기가 퍼진다. 그 민박에 들르는 사람은 참으로 행복하다. 방방에 클래식이 있고 거실에는 차마 돈으로 따지기 민망할 정도로 많은 오디오와 음반과 마이스터의 깊이가 교직한다. 2006년 여름, 그 다락방 하나에 머물렀던 내가 그랬다. 진한 프랑크푸르트 맥주향과 모차르트에 취해 있는데, 그 아내가 내게 조심스럽게 말했다.

"민박은 제가 하는 거예요. 저 사람은 파이프오르간 마이스터고요."

보라, 고집쟁이 뒤에는 이런 가족이 있지 않은가.

3

세상이 뭐라 해도 그 길을 가리라

천·영·덕

이·대·실

한·상·구

배·병·우

이·환·용

경씨·5인방

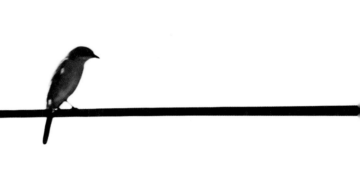

새 날다, 2005

수집벽에 걸린 박물관 관장
천영덕

삶은 계란 한 개를 / 반으로 잘랐더니 / 그 속에 / 보름달이 / 두 개나 숨어 있었네 / 세상이
이토록 눈부신 뜻 / 내장만 비우고도 알 수 있는 일((걸인의 노래), 이외수)
사막에서 별똥별을 찾는 수집가 천영덕은 삶은 계란 속에 보름달이 두 개 숨어 있다는 사실을
아는 사람이다. 도통했거나, 아니면 미쳤거나. 나는 도통했다고 결론을 내렸다.

천영덕

경력 30년을 넘긴 이 서양화가는 아프리카 모로코에서 공룡 화석 하나를 들고 나오다가 경찰에 체포됐다. 화석은 압수됐고 화가는 보름 동안 유치장에 갇혔다가 추방됐다. 필리핀에 있는 한 섬에서는 5백 년 넘은 미라를 그곳 추장을 통해 가지고 나오려다가 들통이 나는 바람에 또 일주일 동안 철창신세를 졌다. 공룡 화석은 3년 뒤 반출에 성공했고 미라는 끝내 수집에 실패. "그 필리핀 소수민족들만 생각하면 지금도 가슴이 벌렁벌렁하다"고 천영덕57세이 말했다.

천영덕은 직업이 여러 개다. 해외 초대전을 26회 가진 중견화가, IMF 때 도와달라는 후배 간청에 맡게 된 오케스트라 단장, 그리고 30년 동안 화석과 운석과 광물을 수집해 온 전문 수집가, 마지막으로 2006년 12월 박물관 관장이 됐다. 박물관 이름은 '원강우주지구박물관'. 100여 군데가 넘는 나라를 돌아다니며 모은 수집품 8천여 점으로 만든 박물관이다. 경기도 용인 고기리유원지에 있다.

"선친께서 어마어마한 부자셨어요. 그래서 어릴 때 재벌 2세

부럽지 않은 방탕한 생활도 해봤어요. 그러다가 그림을 그리게 됐는데, 그게 수집벽으로 이어졌어요."

자기 말로 어릴 때 별명이 '미스코리아 킬러'였을 정도로 자유분방 혹은 방탕하게 살았노라고 말하는 천영덕이 영화 〈인디애나 존스〉보다 더 영화 같은 탐험 인생을 털어놓는다.

나이 스물일곱 살 때 스케치여행을 떠난 브라질 아마존 중류 지역 마을이었다. 부엌 문지방에 쌓아놓은 돌들을 자세히 보니, 몽땅 화석들이었다. 그림 그려주고 재미 삼아 세 개를 얻어왔다.

"거실에 놓고 보니까 무척 예뻐요. 저 조그만 놈이 3억 년 된 시체라고? 하면서 하나 둘 모으다 보니까 어느새 서른 개가 넘었어요."

그러다가 화가는 '제대로 수집해 박물관 하나 만들어보자'고 작심했다고 했다. 집에 돈이 많으니까 가능한 일이었지만, 사실은 '늪'에 첫발을 푹 내딛는 짓이었다.

화석을 모으다 보니 광석이 눈에 들어왔다. 이 돌과 저 돌 구별하려면 공부를 해야 했다. 겉을 보고서 속이 어떻게 생겨먹었는지 알게 됐고, 어떤 돌이 비싸고 어떤 돌이 가치가 높은지 차츰 알게 됐다. 그러면서 돈 쓰는 속도에 가속이 붙더라고 했다.

"외국 수집상들한테서 구입하는 게 대부분이지만, 직접 채취하는 여행이 더 재미나잖아요. 그러면 경비가 훨씬 더 드는 거죠."

'박물관 선물세트'라도 있다면 몽땅 사버리면 그만이지만, 그렇지 않으니까 돈 써서 일일이 사 모으고, 직접 발굴도 해야 했다. 그 경비는 어떻게 했나?

"나한테 어떤 광석 다섯 개가 있다고 쳐요. 세 개만 있으면 되니까 필요 없는 광물 두 점은 뉴욕 경매에 내놓아요. 거기는 1, 2억 원은 돈으로 안 치는 그런 부자들이 많잖아요. 5천만 원에 샀던 돌 하나가 50억 원에도 팔립니다."

이 수집벽에 걸린 화가는 그 돈으로 또 다른 귀금속 원석을 사서 집에 쌓아놓았다. 그러다 1995년 사하라로 갔다. 운석 채취 여행이었다. 화가가 말한다.

"별똥별은 사막이랑 남극에서 줍기가 제일 쉬워요. 땅 색이 한 가지니까 새까만 돌이 있으면 운석일 확률이 높죠."

사하라 운석 채취는 이렇게 했다. 사막용으로 개조한 사륜구 동차에 밧줄로 패러글라이더(낙하산)를 연결한다. 밧줄 길이는 최대 200미터. "하염없이 차에 끌려 다니면서 하늘에서 사막을 훑었어요. 20일 동안 비슷비슷한 길을 끝없이 왕복하면서."

결국 20일 만에 65킬로그램짜리 철운석을 채집했다. 정말 운이 좋았다고 했다. 당시 서울대 지구과학교육과 이민성 교수가 운석임을 검증했다. "사하라에서 패러글라이딩을 하고 있는 사람을 만나면 열이면 열 모두 운석 수집가"라고 천영덕이 아무렇지도 않게 말했다. 하루하루 집에서 직장으로 오가기 바쁘고 주말에 교외로 나들이 갈 궁리를 하는 보통 사람들과는 전혀 다른 세계에 살고 있다.

지구 곳곳을 쑤시고 다니는 이 화가는 웬만한 나라에서는 요주의 인물로 찍혀 있다.

"네팔에 단체로 여행을 간 적이 있었는데요, 나만 입국심사대에 묶어놓고 놔주질 않는 겁니다. 하여튼 내 이름이 경계대상에 올라 있대요. 그래서 거기에서는 아무것도 수집을 못했어요."

페루에서 칠레로 넘어갈 때도 국경 통과 대신에 배를 타고 돌아 남쪽으로 입국했다. 2008년 초 한국 탐사단이 운석 채집에 성공했던 남극. "거기도 갔었다"고 했다. 1992년에 세 번이나.

"개인이 가기는 거의 불가능한 곳이에요. 그렇다고 그냥 포기하면 그게 수집간가? 우여곡절 끝에 칠레 공군기를 타고 들어갔죠." 어떻게? 천영덕이 싱긋 웃는다. '이쪽 세계엔 다 방법이 있으니, 더 캐묻지 말라'는 뜻이었다. 그렇게 모은 수집품 가운데 운석 하나는 대전에 있는 국립중앙과학관에 기증했다. 몇몇 학자에게 연구용 시료로 제공하기도 했다.

집에는 사람 다닐 통로를 빼고는 3억 년 전 뼈들과 돌들로 담을 이루었다. 1999년 박물관 건축을 시작하면서 서울 압구정동 아파트를 팔아치웠다. 그것도 모자라 작업실로 쓰던 별장도 팔아치웠고, 아끼고 아끼던 벤츠도 2006년에 팔아버렸다. 급기야 2006년 12월에

솜털처럼 생긴 기이한 광석. 이 또한 어엿한 크리스털이다.

크리스털이 박힌 장미석

는 휴대전화 요금이 밀려 전화가 끊기기도 했다. 사제지간으로 만나 결혼한 아내는 "이럴 줄은 몰랐다"며 한숨을 쉬었다. 천영덕은 "나라면 나 같은 남자랑은 절대, 절대 같이 안 산다"고 했다. 그도 그럴 것이 아내가 백만 원 달라고 하면 벌벌 떨면서 박물관에 1억이 필요하다면 십 분 만에 돈을 마련해 버리는 '허황된' 남편이라는 것이다. 지금도 브라질에 있는 광산 주인이 높이 1.5미터짜리 수정 기둥을 가지고 있는데, 그걸 어떡하면 살 수 있을까 궁리 중이다. "한 2백억 원 한답니다. 4년 전에 만져봤는데, 안 팔렸나 몰라······." 또 '아무렇지도 않게' 그가 말했다.

그런데도 이 화가는 "사회에 좋은 일을 하고 있다"고 위풍당당하게 말했다. "누릴 거 다 누려봤고, 돈을 써도 이렇게 사회에 돌려줄 작품을 만들었으니까" 그렇다고 했다. 그러나 캐나다에 유학 중인 아들은 절대로 수집가가 되지 말라고 단단히 일러놨다.

"돈 있다고 되는 게 절대 아니에요. 나도 시작할 때는 상상도 못했던 여러 가지 어려움을 겪었어요. 걔는 평범하게 살라고 했어요."

그래, 박물관 입장료랬자 몇 천 원이니 그걸로 돈 벌기는 글러먹었다. 휴대전화 끊길 정도로 곤궁해진 이 화가가 또 큰소리를 친다.

"미국에 있는 스미스소니언 박물관은 칠십 년 전에 팔십 평약 260제곱미터으로 시작했다. 그런데 이 박물관, 지금 면적 따지는 게 무례할 정도로 크다. 두고 보라."

공룡 알, 삼엽충 화석, 물고기 화석, 공룡 뼈, 1만 캐럿짜리 에메랄드 원석, 꽃처럼 생긴 장미석, 만져볼 수 있는 65킬로그램짜리 운석 등, 화가가 모은 '큰소리'를 가서 확인하시라. 홈페이지 주소는 www.wkmue.or.kr이다. 농촌지역 학생들은 무료로 셔틀버스도 내준다 한다.

새 날다(연작), 2005

산이 좋아 산에 사는
이대실

몸뚱아리가 0.025밀리미터 정도인 모낭진드기라는 놈이 있다. 사람 몸에 붙어사는 이놈이 살 위에서 춤을 춰대도 우리는 못 느낀다. 우리 몸은 그에게, 우주다. 발톱으로 살갗을 붙잡고 주 둥이를 찔러 넣어 세포를 빨아먹고 산다. 오직 앞으로만 기어갈 뿐, 지나간 자리에 돌아오지 못한다. 그에게 우리는 무한無限이다. 경북 봉화 청량산 산중에서 오늘도 약초 차茶를 달이는 이대실, 꽉 막힌 우주를 벗어나 무량무겁無量無劫을 살고 있다.

이대실

사내가 말했다.

"자, 예식장과 사진관은 큰아들 재학이가 가져라. 식당은 임자가 가져요. 며느리에겐 웨딩숍과 미용실을 준다. 막내딸, 네겐 놀이방을 준다."

그렇게 가족들에게 다 나눠주고 차비로 쓸 2만 5천 원과 쌀 한 말, 된장 한 사발 배낭에 꾸려 넣고서 사내는 산으로 들어갔다. 그날 이후 이대실64세은 산에서 산다. 2008년으로 16년째다.

경상북도 봉화군 청량산. "삿갓 벗어놓고 밭 갈다가 100떼기 밭을 세보니 99떼기밖에 없어서 삿갓을 들어보니 거기에 한 떼기가 숨어 있었다"고 할 정도로 첩첩산중 비탈이다. 그렇게 가난했던 산마을이었다. 하지만 퇴계 이황이 이 산에 정자를 지어놓고 음풍농월하며 즐겼다는 사연도 있고, 이 땅에 성리학을 들여온 유학자 주세붕도 성리학 무리들을 끌고 와서 이 산을 마음껏 즐겼다 하여 이제는 누구라도 한 번쯤 가고 싶어 하는 명산名山이 되었고, 문화재청 유홍준은 《나의 문화유산답사기》를 쓰면서 "청량산만큼은 숨기고 싶었

清凉山 雲霧, 1999

이대실이 사는 집 길목에서 내려본 청량산 청량사.

다"고 할 만큼 의젓하고 아름다운 역사문화 순례지가 되었다. 왜일까? 가보면 안다. 1992년 6월 이 명산에 낯선 사내가 나타났다. 이후 흉가처럼 버려져 있던 퇴계 이황의 정자 오산당^{吾山堂}이 깨끗하게 정비되고 거기에 그 사내가 살게 됐다. '사이코 한 명이 산에 들어왔다더라'는 소문이 돌기 시작했다.

"제 고향이 이 근처인데, 중2 때 원효대사 이야기를 읽었어요. 청량산에 있는 청량사를 원효대사가 창건했대요. 그래서 와봤지요."

팍팍한 산길 모퉁이를 돌아 연꽃을 닮은 거대한 암봉들을 본 순간, 그냥 하염없이 마음에 들더라고 했다. 그래서 당시 절을 지키던 노^老 비구니에게 "머리 깎아달라"고 했다가 크게 혼나고 돌아서야 했다. 그때 '언젠가 반드시 여기 와서 살리라'고 다짐했다고 했다.

산은 가슴에 묻어뒀다. 대구공고 기계과를 나와서 서라벌예대 연극영화과를 다녔다. 군 제대 후 손댔던 영화가 망했다. 그때 산이 생각나더라고 했다.

"세면도구만 달랑 들고 다음날 설악산에 있는 어떤 스님한테 갈 참이었는데, 그날 밤에 아버지께서 귀신처럼 잡으러 오셨어요."

아버지 손에 붙들려 집에 돌아오니 결혼 날짜가 잡혀 있었다. 얼굴도 몰랐던 아내와 그렇게 결혼했다. '내 고집대로 살려면 먼저 내 책임부터 다하자. 가족들이 기댈 지팡이를 먼저 깎아놓자'고 다짐했다고 한다. 결혼하던 날, 아내에게 말했다. "열심히 사랑하고 열심히 살 테니, 내 가족들에게 남겨줄 거 60퍼센트를 이루면 산으로 가겠다"라고.

그때 스테인레스 그릇이 수입되면서 가업이던 유기공장이 망해 버렸다. 그래서 사진관 조수로 취직한 게 첫 직장이었다. 이후 사진관을 내고, 하루 네 시간만 자면서 노력한 끝에 예식장 사장이 되었다. 그렇게 삼십 년 살았더니 마침내 그 '60퍼센트'의 때가 되었다고 했다. 1992년 초, 청량산으로 가서 퇴계 선생 문중과 협의한 뒤 오산당 수리에 들어갔다. 폭탄 맞은 듯한 집에서 쓰레기를 다 치우고 도배만 남겨뒀다. 그리고 아내와 함께 동남아 여행을 다녀왔다.

서울에 있는 한 찻집에서 아내에게 말했다. "내 속내를 털어놓겠다"고. 미처 속내를 털어놓기도 전에 아내가 대답했다. "긴 이야기 마시고 떠나십시오." 아내와 함께 벽지를 사서 산으로 향했다. 도배를 하면서 아내가 말했다. "당신도 약속을 지켰으니, 나도 약속을 지켜드립니다."

장성한 아이들에게 자초지종을 털어놓았다. 큰아들 재학 42세 씨는 당시 나이 스물여섯. 처음엔 무척 야속했으나 세월이 지나고 아버지를 이해하게 되었다고 한다. 이제는 친구들이 "너는 언제 들어가느냐?"고 묻곤 하는데 그럴 때마다 '나도 언젠가 들어가게 될 거'라는 느낌이 든다고 했다.

첫 두 해는 "구름만 봐도 춤이 나올 정도"로 좋았다. 3년째

청량산 청량사 응진전에 걸린 풍경.

되던 해엔 "끝없는 외로움으로 술을 엄청나게 마셔댔다"고 했다. 6개월 동안 하루에 페트병으로 깡소주를 두 병씩이나 마셔대다가 다시 마음을 추슬렀다. "내가 울려고 산에 왔나? 술은 목구멍까지만 가는 거고 그 다음엔 눈물밖에 없더라고요." 그날로 단주斷酒. 이후 한 방울도 마시지 않는다.

대신 달마達磨를 그린다. 나뭇조각으로 목걸이를 만든다. 가마를 만들어 도자기 굽고, 바람 불면 통소를 분다. 작품이 팔리면 그 돈으로 약차를 끓여 등산객들에게 나눠준다. 차茶 공양이다. 단풍철에는 하루에 최고 2만 잔까지 끓여봤다. 가을 두 달은 밤새 차 끓이느라고 하루 두 시간도 못 잔다. 등산하다가 조난한 사람들 구한 것도 백여 차례.

"내가 가족에게 빚을 졌고, 장사꾼으로 살면서 남을 속인 죄를 졌어요. 그걸 갚아야지요."

산꾼의 집은 늘상 비어 있다. 산꾼은 산으로 가서 산들과 놀고, 객들이 들른 집에는 주전자 속에 늘 산차山茶가 보글보글 끓고 있다. 삶의 방식이 다르고 거처만 떨어져 있지, 가족은 변함이 없다. 산에 오면 아내는 "친구들 다 은퇴해서 초라한데, 당신 사는 거 보니 괜찮네!"라고 한다. 팔자 좋다는 사람, 가족 버리고 가니 속이 시원하냐는 사람, 그렇고 그런 사람들이 산꾼에게 말을 걸지만, 이대실은 그냥 웃는다. 혹시 당신들이 '달마가 동쪽으로 온 까닭'을 아시는지.

새가 나를 곁눈질하는 것이었다, 2003

애꾸눈 도공 한상구

인내하는 거북이를 닮으라, 고고한 학을 닮으라, 맑지 않으면 차라리 죽는 난蘭을 닮으라. 동물과 식물을 비유로 들며 그들처럼 살라고 성현들이 말했다. 모두 거짓말이다. 인간만큼 인내하고, 인간만큼 맑음과 존귀를 희구할 줄 아는 존재가 어디 있는가. 대물림하는 가난 속에 지독한 고집으로 순결무구한 백자를 구워내는 도공 한상구, 학이여 거북이여 난이여, 그를 닮으라.

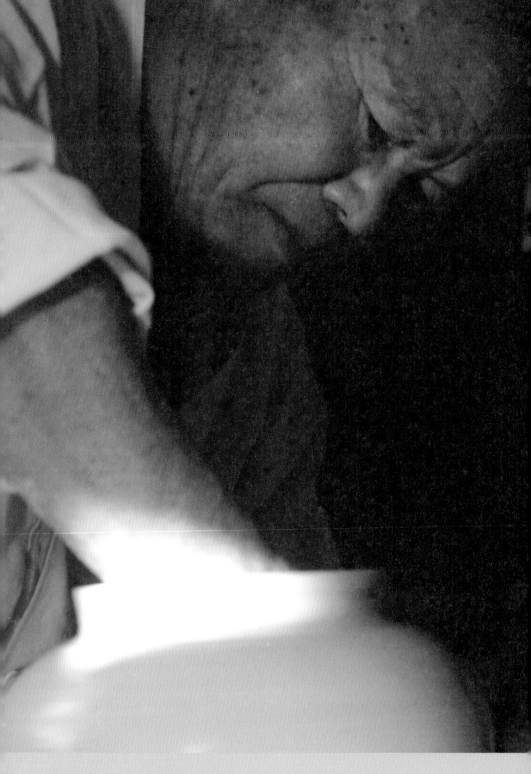

한상구

일곱 살 때 백내장과 홍역을 앓았다. 그리고 왼쪽 눈을 잃었다. 2003년 각막이식을 받고서 그나마 시력을 회복했지만, 지금도 약을 먹으며 고통을 달랜다. 대신 그는 하나뿐인 눈으로 남들이 알지 못하는 세계를 본다. 조선 백자 재현에 관한 한 대한민국에서 최고 명장이라는 말을 듣는 '경기도 지정 무형문화재 41호 사기장沙器匠' 한상구68세 이야기다.

경기도 여주 북내면 오금리. 여주 시내에서 여주대교를 건너 5분을 가면 오른편에 '경기도 지정 무형문화재 41호 사기장 한상구'라는 작은 이정표가 나온다. 150미터를 들어가니 오른편 언덕에서 산을 이룬 장작더미가 눈에 뒤덮여 있다. 전형적인 농가. 거기에 한상구가 산다. 이 집터에서 7대째 살았고, 한상구까지 3대째 여기서 백자를 굽는다.

악수를 청하자 사람 손 같지 않은 손을 내민다. 옹이가 곳곳에 박이고 손바닥과 손등을 구별하기 어려운 투박한 굳은살, 뾰족한 무언가에 벤 듯한 흉터……. 그가 담배를 피워 문다.

"할아버지부터 3대째 도자기를 구웠어요. 그냥 찻종지가 아니라 정통 백자였지. 원래 내가 농사꾼이었는데, 아버지랑 형님께서 백자 재현에 애먹는 거 보고 오기가 나더라고요. 저게 도대체 뭔데?"

고난과 가난으로 점철된 고집쟁이 삶의 시작은 '오기'였다. 삼십 대였다. 농사꾼 한상구, 도자기는 몰랐다. 남에게 배울 생각은 애당초 하지 않았다.

"내가, 연구하는 걸 좋아해요. 남에게서 배우면 남의 것을 무의식적으로 흉내 내게 된다고."

그래서 스승을 찾는 대신에 경기도 광주 분원리에 가서 백자 파편들을 모아왔다. 분원리는 조선조 관요가 있던 곳이다. 그걸 연구했다. 왜 이런 색과 질감이 나오고, 어떤 흙을 써야 하고, 어떤 장작으로 불을 지피고, 온도는, 유약은……. 박물관에 가서 진품 관찰하기를 수십 차례. 할 만하다는 생각이 들었다. 그리고 어느 날 아내와 함께 첫 가맛불을 올렸다.

"가마를 열어보니까 몽땅 깨져 있었어요."

별 수 없었다. 또 불을 넣었고, 또 모두 깨졌다. 나오는 것은 사금파리들뿐이었다. 그날을 회상하는 도공 얼굴이 일그러진다. 그의 부인 서옥선67세 씨가 말했다.

"그렇게 속이 상할 수가 없었어요. 나는 무안해서 방으로 들어가고, 이 사람은 바보처럼 멍하게 하늘만 쳐다보고……."

깨진 그릇만 꺼내놓고 망연자실하다가 십 년이 흘렀다. 삼중고에 시달렸다. 생활고生活苦. 아무도 사가는 사람이 없는 백자. 그런데 고집쟁이는 백자만을 고집했다. 집이 완전히 파산해 아이들과 생이별할 처지에 처한 적도 있었다고 했다. 쌀을 사고 나면 가마 장작이 떨어지고, 나무를 사고 나면 흙이 없고. 그러면 아내는 잘난 남편을 위해 품앗이를 하면서 흙을 사왔다. 그리고 병고病苦. 설악산, 제주도도 가보지 않은 꽉 막힌 인생이지만, 그 무엇보다 눈이 아파 가맛불이 제대로 보이지 않을 때 정말 괴로웠다고 했다. 그리고 마지막, 해도 해도 열리지 않는 백자의 비밀. 모든 궁리를 다 해보지만, 앞을 꽉꽉 가로막는 실패의 장벽은 더 견디기 힘들었다.

그러던 어느 날 꿈을 꾸었다. 낡은 옷을 입은 9척 장신의 거지가 나타났다. 고려 도공인데, 배가 고프다고 했다. 그래서 쌀독에서 쌀을 퍼주니 도공이 사라졌다. 또 몇 년 뒤 잔칫상 꿈을 꾸었다. 가운데에 예수가 앉아 있고 한상구가 그 옆에, 반대편에는 낮은 사람이 있었다고 했다. 예수한테 큰절을 하고 일어나니 잔칫상도 사라지고 모두 사라졌는데 땅바닥에 오백 원짜리 동전만 한 흙이 두 쪽으로 갈라져 있더라고 했다. 도공이 나중에 생각해 보니, 그게 '흙에서 그릇이 나오는 원리'였다고 했다.

가마에서 그릇을 다 깨뜨린 어느 봄날, 아내는 방으로 들어가고, 무심코 집앞 밭을 보고 있는데 문득 모든 것을 알게 되었다고

개벽, 2005

"생명을 걸지 말라고? 목숨 안 걸고 이걸 어떻게 한대요?"

했다.

"씨앗을 뿌리고 나서 적당한 햇볕과 적당한 비와 적당한 흙이 맞아떨어지면 저절로 싹이 트더라고요. 움트고 싶지 않아도 저절로 뿌리가 나서 싹을 지상으로 밀어 올리는 겁니다."

뚜껑처럼 덮였던 흙을 밀고 올라오는 싹. 그게 도자기였다. 흙으로 그릇 형태를 만들고 유약을 발라 가마 속에서 고열로 굽는다. 흙 속의 성분이 열을 못 견디고 표면으로 나와 색을 만들고, 이어서 유약이 녹으면서 그 위를 곱게 덮는다. 일찍 불을 끄면 유약이 녹지 않아 곰보가 되어버리고 늦으면 색이 변한다. 누가 억지로 열을 받고 발색을 하라고 한 게 아니었다. 그저 모든 요소가 맞아떨어지면 그 순간에 싹이 움트듯 그렇게 그릇이 태어나는 것.

"선조들이 자연 속에서 이치를 본 거죠. 그릇이 저절로 자기 색과 형태를 갖출 수 있는 조건을 찾으면 되겠다고 생각했어요."

조급함도 버렸다. 선조들이 천 년 넘도록 가꾼 비법인데, 그걸 십 년 만에 알아내려는 심보가 도둑놈이지……. 이튿날 불때기가 재개됐다.

그리고 2년. 마침내 제대로 된 그릇이 탄생했다. 1985년 어느 날이었다고 한다. 이후 한상구의 작품이 입소문을 타면서 오금리를 찾는 사람들의 발길이 잦아지더니 마침내 2006년 경기도 무형문화재로 선정됐다. 한상구는 국가 지정 무형문화재 가운데 유일한 사기장인 김정옥68세 씨와 함께 국가 지정 무형문화재 후보에 오르기도 했다. "그런 거 뭐가 중요해" 하는 그의 말꼬리에 아쉬움이 묻어 있다.

그래서 고집쟁이는 말한다. "절대로 내 아들들에게는 하라고 하지 않을 거외다." 한씨에겐 아들 둘, 딸이 하나 있다. "대물림을 했다면 청자랑 백자가 왜 끊겼겠어요. 먹고살 수가 없으니까 옛 사람들도 대물림을 안 한 거지."

촬영을 위해 물레질을 부탁했을 때, 셔터 몇 번 누르지도 않았는데 순식간에 물레 위에서 회전하는 흙덩이를 달항아리로 둔갑시킨 귀신 같은 솜씨를 가진 사람이다. 자기 말로도 아내 말로도 도자기에 미친 사람이다.

그런 명장의 자부심치고 삶은 쓸쓸했다. 2003년 눈 수술을 받은 뒤로 제대로 가마에 불을 올려보지 못했다. 작품들은 보관고에 쌓여 있고, 그동안 아이들은 시집 장가 다 갔다. 이따금 일본 사람들이 와서 백자를 사가지만, 쓸쓸하다. 이천 도자기축제에는 그에게 따로 자리를 마련해 명장 대접을 해주지만, 역시 쓸쓸하다. 도무지 팔리지를 않는다. 허술하게 자물쇠 채워놓은 창고 속에는 연적부터 큼직한 항아리까지 둥글둥글한 형체들이 어둠 속에서 쿨쿨 잠들어 있다.

그런데 피는 속이지 못하는 걸까. 아무리 생각해도, 아이들이 백자를 하겠다고 할 거 같은 느낌이 든다고 했다. 그때 이 가난한 명장은 뭐라고 할까. 그는 "생명만은 걸지 말라고 할 거요"라고 했다.

아내가 끼어들었다. "생명을 걸지 말라고? 목숨 안 걸고 이걸 어떻게 한대요?" 목숨을 걸었던 도공이 다시 가맛불 지필 준비를 한다.

바라보는 눈초리가 꼭 나를 안다는 투였다 나도 널 알지, 2005

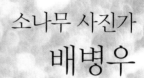

소나무 사진가
배병우

"이봐, 나는 사진 하다가 죽을 거야." 유도로 다부진 덩치를 가진 사내가 안경을 벗더니 소리 내어 울었다. 젊은 시절부터 오로지 소나무만 카메라로 찍어대던 사내가 송림에 부는 바람소 리처럼 '커이커이' 하고 울었다. 20년 넘게 키워온 고집이 그를 울게 만들었다. 배병우, 소나 무에 미친 사내.

배병우

우리나라 역사상 가장 유명한 소나무 그림은 솔거가 황룡사 벽에 그린 소나무일 것이다. 그러놨더니 새들이 부딪쳐 떨어졌다는 그 소나무. 애석하게도 황룡사는 몽골 침략 때 불탔고, 그림은 사라졌다. 배병우 58세는 그 소나무를 카메라로 찍는다. 솔거가 신라시대 사람이었으니 그 소나무는 경주 송림에서 본 나무일 것이다. 배병우가 가장 좋아하는 송림은 경주 삼릉 소나무 숲이니, 시공을 초월해 두 예술가 사이에는 닿는 바가 있지 않을까.

배병우는 지금 부자다. 2005년 5월 영국 런던에서 열린 사진 시장에서 가수 엘튼 존이 그의 소나무 사진을 1만 5천 파운드약 2천8백만 원에 사갔다. 다섯 장 한정인화한 이 작품은 마지막 사진이 한국 돈으로 8천만 원까지 오른 가격에 매진됐다. 예술품 수집가로 유명한 엘튼 존이 "바로 나를 위한 작품"이라고 한마디까지 했으니, 안 그래도 유명한 배병우의 세계가 대중적으로 인정받는 순간이었다.

이후로 큼직한 경매마다 그의 작품 가격이 오르더니 2006년 5월 홍콩 크리스티 경매에서는 두 점으로 이뤄진 작품이 13만 8천

달러, 우리 돈으로 1억 3천만 원에 팔렸다. 그리고 2007년 11월 영국 필립스 경매에서는 한 점이 마침내 1억 6천만 원에 팔려나갔다. 사진으로 부자 됐다. 소나무 한 그루 벤 적 없이 소나무를 세계에 수출하는 사진가가 된 것이다. 사진 한 장에 1억 원?

배병우의 스튜디오는 경기도 파주 헤이리 예술인마을에 있다. 페인트를 칠하지 않은 잿빛 콘크리트 건물 두 개를 2층에서 이어 붙였는데, 큰 건물은 스튜디오와 암실, 작은 건물은 침실과 서재, 부엌이다. 헤이리에 있는 다른 건물들과 마찬가지로, 막 지은 건물이 아니다. "한국에서 사진으로 먹고살기 쉬운 일이 아닌데, 어찌 이리 좋은 스튜디오를 만들 수 있었나?" 하자 그가 껄껄 웃었다. "이런 스튜디오, 본창이랑 나랑 해서 몇 명 없다. 우리 같은 사람들이 스튜디오 제대로 만들어놓아야 후배들이 사진예술을 꿈꾸지 않겠는가."

구본창과 배병우, 모두 세계적으로 활동 중인 이들은 사진예술을 꿈꾸는 학생들에게 동경과 흠모의 대상이다. 그의 스튜디오에는 정기, 부정기적으로 학생들과 지인, 예술가들이 모여들어 술잔치를 벌인다. 와인을 마시고, 맥주를 홀짝이고, 웬만한 요리사보다 더 솜씨 좋은 배병우의 요리를 먹으며 재미나게 시간을 보낸다.

그런데 그는 소나무만 찍는다. 1984년대부터 24년이 지나도록 소나무만 찍고 있다. 남들이 돈 되는 웨딩사진과 광고사진으로 달려가고 있을 때, 그는 조선 땅 천지에 널려 있는, 그래서 아무런 돈이 되지 않는 소나무만 죽어라 찍었다.

한국인의 정체성이었다. 소나무를 의식하고 찍은 건 1984년부터였다. 그 전까지는 바다를 찍다가 바다 말고 우리나라의 대표성 있는 게 뭐 없을까 생각 중이었는데, 강원도 낙산에서 소나무를 본 순간, '저거다' 했다. 한국미, 한국인, 한국적인 그 무엇이 소나무에 집약돼 있다고 했다.

그는 전남 여수에서 태어났다. 의사 집에서 태어나 제법 부유하게 살면서 바다를 보고 자랐다. 고향집 뒤에 소나무가 있었다고 했다. 낙락장송이었는데 그걸 보고 자랐다. 산에 오르면 저 앞에 바다가 보였다. 어린 배병우는 그림 그리기를 좋아했다. 오랜만에 만난 친구가 그에게 "네가 그려준 어린이회장 포스터 때문에 내가 회장했다"고 했을 정도다.

이 재주 많은 아이가 재주를 살려 홍익대 응용미술학과에 입학했다. 그때 서울대 미대를 다니던 고향 형님이 사진을 권했다. 그 때부터 전공인 디자인은 뒷전이었다. 본인 말로, "대한민국에서 디자인 배우고 나처럼 디자인 안 해본 사람은 없을 정도"로 디자인을 팽개치고 사진에 매달렸다. 그러다가 4학년 때 집안이 망했다. 젊은 배병우의 지난한 삶이 시작됐다. "워낙에 사진이 배고픈 일이지만, 남의 그림, 남의 조각 작품, 남의 집 사진 찍어주고 닥치는 대로 벌어서 사진 했다"고 했다. 결국 고향집의 서정과 그림 재주와 동네 형님의 추천 한마디가 이 시대에 가장 서정적인 사진가를 탄생시켰다. 한때 체육학과를 갈까 했을 정도로 유도에 집중한 이력도 있어서, 모르는 사람이 보면 '몸으로 먹고사는' 그 어떤 직업가로 보기도 한다.

유도로 다져진 팔뚝을 그가 내밀었다. "이 곡선과 닮은 능선, 그러니까 노년기에 접어든 우리 산하의 완만한 곡선이 한국미다. 겨울철, 이 잔털처럼 서 있을 소나무들과 능선이 한국미다."

소나무에 '필'이 꽂히면서 그는 1년에 10만 킬로미터씩 자동차로 달리면서 유명한 소나무를 찾아다녔다. 그러다 1985년 말에 경주에서 소나무를 보고 그때부터는 경주 소나무만 찍었다. 오호라, 역시 솔거의? 갑자기 사진가가 벌떡 일어나더니 겸재 정선의 작품도록을 가져왔다. "이걸 보라. 겸재의 소나무 그린 기법. 원경일 때, 근경일 때 소나무의 디테일한 표현이 다르다. 근사하다." 그가 가장 좋아하는 인물이 바로 겸재다.

그런데 이상하게도 그의 소나무를 바라보고 있자면 어느 순간 소나무 숲속에 있는 착각에 빠진다. 초대형 프린트가 됐건, 사진집에 있는 작은 사진이 됐건 말이다. 셀 수 없이 찾아가 빛과 그림자와 태양과 안개와 소나무의 각도와 허물어짐을 연구하고 기다림을 인내하지 않았으면 불가능한 일이다.

그를 처음 만난 날, 처음 보는 나에게 말했다.

"사진은 현대의 붓이다. 문제는 그 붓으로 뭘 그릴 것이냐.

소나무 연작, 배병우 作

한국미, 한국인, 한국적인 그 무엇…….

카메라 기술만 좋다고 다 사진가가 아니다."

사진가의 목소리가 높아졌다. 손동작도 거칠어졌다.

"나는 예술가지 사진가가 아니다. 사진은 내가 가지고 있는 감성을 표현하는 도구일 뿐이다." 그래서 그는 "반드시 예술적인 기초를 가지고 사진을 해야 한다"고 했다. 풍경사진의 대가였던 안셀 아담스는 작곡가였다. 영화적인 설정 속에 자화상을 찍는 미국 여성작가 신디 셔먼, 그는 남편과 함께 영화 작업을 하던 사람이었다. 녹색칠을 한 석고 고양이 떼를 찍어 '방사선 고양이' 시리즈를 내놓은 샌디 스코글런디는 조각가였고, 애잔하고 충격적인 브라질의 다큐멘터리 사진가 세바스티앙 살가도는 경제학박사로 제3세계를 연구하다가 아예 그들과 함께 살면서 그들의 분노와 비애를 사진으로 기록하고 있다.

필름 한 장이 손바닥만 한 대형카메라로 그는 소나무를 찍는다. 해외 한번 나갈 때 필름을 몇 백 통씩 넣고 가서, 통관할 때 늘 문제가 되곤 한다. 그런데 세상은 지금 디지털이 아닌가. 개나 소나 다 사진가를 자처하며 저렴한 비용으로 사진작품을 생산하는 시대가 도래했다. 그는 어떨까?

"시대의 대세다. 하지만 취향 문제다. 아날로그가 갖는 미학을 좋아하는 사람이 있고, 디지털의 미학을 좋아하는 사람도 있다. 필름시대 사진은 인화지에 코팅한 은銀 입자가 이미지를 만들었다.

디지털은 모니터에 부유(浮游)하는 이미지를 종이에 잡아야 한다. 은 입자에 능숙한 나처럼, 떠다니는 이미지를 포착하는 새로운 대가가 나와야 한다."

하지만 최근에 1억 6천만 픽셀짜리 울트라 초대형 디지털카메라가 나온다는 소식에 그는 조금 흥분해 있다. 조만간 그 또한 은 입자에서 부유하는 입자로 붓을 갈게 될 것이다. 어찌 됐건! 그를 만날 때마다 그는 이렇게 말하곤 했다.

"어이, 자넨 글쟁이답게 살라고. 글로 세상을 제대로 표현하라고. 나는 사진으로 할 테니까."

우악스러운 팔뚝으로 소주를 권하는 대작가의 말에 엄청난 카리스마가 느껴져 대꾸할 힘을 잃었다. 늘 전화할 때마다 장안 어딘가에서 소주를 들고 있는 그이지만, 긴 세월 고집이 튼튼하게 구축해 놓은 힘은 취기 유무에 상관없이 그의 온몸에서 뿜어져 나왔다.

178센티미터에 89킬로그램의 거구이며 요리가 취미인 사람, 한 우물만 파더니 결국에는 세계적인 작가가 되었다. 눈물 젖은 빵을 먹지 않은 사람은 인생을 논하지 말라던 시대는 지났다. 배고픈 사람에게만 예술을 할 자격증을 주던 시대도 끝났다. 예술가에게도 인생을 즐길 권리가 있다. 배병우는 그 예술가 권리를 얻을 때까지 말도 안 되고 돈도 안 되는 독불장군으로 살았다. 그를 조금은 닮을 필요가 있다고 나는 결론 내렸다. 아니면 그가 좋아하는 소나무를 닮거나.

바다에 아이들이 있었다 물빛의 계조 미세한 떨림 天地, 진동했다, 2000

식물원 만든 한의사
이환용

전북 정읍시 산외면 평사리, 강진 김씨 고택 소고당紹古堂을 지키는 여든이 넘은 종손에게 누
군가가 물었다. "돈만 많고 법도는 모르는 졸부를 옛 어른들은 어떻게 표현하였습니까?" "'부
한富漢'이라고 했지. 부자 상놈이라는 뜻이야." 부자도 아니고 무뢰한도 아니고 부한이다. 부자
라면 돈 쓰는 방법이 바다처럼 무한한 이 시대, 이환용은 모은 돈을 다 긁어 낙원을 만들었다.

이환용

가끔 앞동산에 태양이 솟으면 '멋지다'고 감탄했지만, 아이는 가난했다. 학교에 갔다 집에 오면 아이는 지게를 졌다. 초등학교 내내 그랬다. 퇴비와 볏단, 땔감으로 짐을 바꿔가며 수십 리씩 지고 날랐는데, "원래 사는 게 그런 건 줄 알았다"고 사내가 털어놓는다. 위로 줄줄이 있던 형 누나들은 막내 공부시키려고 학교를 포기했다. 이를 악물었다. 그래서 정말 뒤늦게 8수 끝에 한의대에 합격했다. 한의원이 문전성시를 이루어 떼돈을 벌게 되자 "태양이 솟던 고향 앞동산이 생각나더라"고 했다. 그래서 그 떼돈을 몽땅 퍼부어 18만 평약 60만 제곱미터짜리 식물원을 만들었다. 2006년 문을 연 경기도 포천 명성산 평강식물원. 사내 이름은 이환용49세, 서울 평강한의원 원장이다.

이환용의 고향은 충남 서산시 운산면이다.

"아버지가 세 살 때 돌아가셨어요. 어머니께서 품앗이를 하면서 저희를 키우셨죠."

그래도 형과 누나 덕택에 서울로 유학해 고등학교까지 마칠

수 있었다. 법관을 꿈꾸며 공부를 하던 고3 시절에 교통사고를 당했다. 죽지는 않았지만, 일어날 수가 없었다. 공부? 꿈노 꾸시 못했다.

"한쪽 다리가 6개월 동안 마비됐었는데, 지압원에서 침 맞고 겨우 나았어요. 신기하더라고요. 고까짓 침이 뭔데? 호기심을 보이면서 침 선생한테 꼬치꼬치 캐물었어요. 그랬더니 '어차피 너는 가난한 놈이니까, 침 배워서 직접 놓아라' 라고 했어요."

그러다가 아예 한의사가 되기로 작정해 버렸다. 교통사고가 사람 인생을 이렇게 바꾸어놓았다. 내신은 꼴찌에 문과 출신. 대학교에 붙을 가능성이 없었다. 그때는 문과 이과가 교차 지원을 할 경우엔 점수를 깎는 제도가 있었다. 계속해서 떨어졌다. 재수, 삼수, 사수…… 애당초 없던 돈은 더 없어져 가고, 이환용은 서울 노량진에 있는 독서실 한 칸 방에서 총무로 일하면서 공부를 했다. 그러는 와중에 주위 사람들에게 침을 놓아주며 용돈을 벌었다. 별명이 '노량진 학생의사' 였다. 자그마치 8수 끝에 동국대 한의대에 입학했다. 85학번이었다.

졸업과 함께 서울 강남에 한의원을 열었다. 빚더미에 올라 있는 건물 한 층을 인수했다. 그러던 어느 날 할머니 한 분이 찾아왔다. 노량진 시절에 자주 만났던 한복집 할머니였다.

"그 할머니가 조그만 나무껍질을 내밀면서 이래요. '이게 코나무 껍질인데, 달여 먹으면 비염이 낫는대. 이거 좀 구해 줘' 라고요."

18만 평짜리 식물원.

휴식, 2006

썩어서 거름이 되는 낙엽이 되고 싶다.

나무 이름은 참느릅나무였다. 어렵사리 구해 줬더니 보름 뒤에 할머니가 다시 찾아왔다. "이제 밥 타는 냄새도 맡을 수 있다"는 것이었다. 이후 이환용은 이러저러하게 약을 지어 자기도 먹어보고 아들들에게도 먹이며 7년을 보낸 끝에 비염 치료약을 개발했다. 이름은 청비환.

한국에 코 안 좋은 사람이 어찌 그리 많은지! 소문이 나면서 계산도 할 수 없을 정도로 돈을 벌었다.

"어느 핸가, 소득신고를 했더니 세무서에서 전화가 왔어요. '정말 이렇게 신고할 거냐. 세무조사 들어간다'라고요. 그래서 제대로 신고하겠다고 했더니 나중에 국세청에서 또 연락이 왔어요. 성실 납세자 상을 주겠답니다."

1996년이었다. 국세청이 까무러칠 정도로 돈을 벌었고, 몇 년 전에는 그 약재를 주제로 경희대에서 본초학 박사학위까지 받았다. 지게를 지고 다니던 초등학생, 내신 꼴찌 8수생의 운명이 그리 바뀌었다.

그런데 지금 이 부자 한의사는 전셋집에 산다. 평생 집을 가져본 적이 없다. 그 많던 돈, 다 어디다 숨겨놨을까. 두 아들을 외국에 유학 보내며 "너희한테 들어갈 학비만큼 다른 아이들을 돕겠다"고 해서 해마다 3천만 원을 장학금으로 내놓고 있다. 그리고 개발 와중에 사라져버린 고향 앞동산을 재현하겠다고 결심했다. 바로 식물원 건립이다. 어린 지게꾼을 감탄시켰던 태양, 그 희망이 솟는 앞동산을 멋지게 만들고 싶었다.

욕심쟁이 이환용, 아무것도 모르는 아내를 유럽으로 보내 식물원 견학을 시키고 대학원에서 식물생태학 공부까지 시켰다. "이제 부자 됐으니까 제발 조용하게 살자"고 했던 아내는 공부하면서 친親 남편파로 돌아섰다. 그 사이에 남편은 전국을 돌며 땅을 골랐다. 포천 명성산에 있는 우물목. 땅에 물이 많아 식물 살기에 적당했다.

8년 공사 끝에 2006년 여름 '평강식물원www.peacelandkorea.com'이 탄생했다. 들어간 돈? 이환용은 입을 다물지만, 식물원 직원은 "이거저거 합치면 한 백억 원은 되고, 앞으로 백억 원이 더 들어가야 할 것"이라고 했다. 떼돈을 번 한의사가 전셋집을 못 벗어나는 이유다.

식물원엔 너른 잔디광장과 고층습지원, 백두산과 한라산 같은 고산지대 들꽃이 있는 암석원 등 12개 정원이 있다. 한방을 응용한 요리를 내는 식당도 있다. 산림청으로부터 "나라가 할 일을 개인이 해줬다"며 감사패도 받았고, 2006년 말에는 이 나라 최고 권력자가 '퇴임 후 자연과 벗하며 살 방법을 묻기 위해' 들르기도 했다.

"낙엽이 썩어야 거름이 되고, 열매가 썩어야 그 씨가 퍼져 몇 십 배 결실이 나는 거죠. 그 이치를 깨닫게 할 교육장을 만들고 싶어요."

겨울날, 식물원에서 그를 만났을 때, 이 시골 출신 사내가 살얼음 얼어 있는 연못가 낙엽을 가리켰다. 가을날 비명을 지르며 불타는 단풍을 보고 사람들은 광채光彩라 부르며 자가당착적인 나들이를 즐긴다. 단풍은 그저 단풍이다. 낙엽은 그저 낙엽이다. 인간을 위해 존재하는 낙엽 본 적 있는가. 낙엽은 이듬해 봄날 솟아오를 새로운 싹들의 영양소일 뿐. 이환용은 그런 낙엽이 되고 싶다고 했다.

백로와 해, 1999

멍딩이마을 경씨 5인방

무無에서 유有를 만든다. 아니, 본디 있었으나 어느 틈에 망각됐던 것들을 꺼내어 보듬고 다듬는다. 태초에 살았다가 망각된 옛 생명들이 화석化石으로 부활하듯, 잊혀지고 버려졌던 볏짚더미가 다섯 경씨慶氏 손에서 예술로 재생했다. 볏짚 공예로 전국 대회를 휩쓸고 수출까지 하는 이들 혈기왕성한 다섯 예술가들. 놀라지 마시라. 최연소 일흔두 살에 최고령 여든두 살.

왼쪽부터 경길호, 석로, 완호, 달호
항렬상 막내인 창국은 몸이 아파서 '일찍 퇴근'하고 없었다.

지도에도 없는 마을 하나를 물어물어 찾아갔다. '충북 괴산군 소수면 소암리 명덕마을'이 공식 명칭이지만 흔히들 멍딩이마을이라 한다. 청주 경慶씨 집성촌. 지금도 57가구 가운데 32집이 경씨네다. 멍딩이의 어원은 뒤에 알아보자.

'짚공예작업장'이라 적힌 문을 열자 한창 볏짚을 꼬며 작업 중이던 경씨 노인 네 명이 동시에 쳐다본다. '…… 또 기자 하나 왔다.'

경석로76세, 달호82세, 길호75세, 완호72세 이렇게 네 명. 항렬로 석로가 아저씨뻘이다. 손자뻘인 창국76세과 함께 5인방인데, 손자는 몸이 좀 안 좋아서 일찍 집에 갔다고 했다. 노인들은 "사실은 창국이가 꼼새야, 꼼새"라고 말했다. 대충 '솜씨가 가장 꼼꼼한 사람'이라는 뜻일 것이다.

이 5인방, 보통사람들이 아니다. 볏짚 공예품으로 2006년에 각종 공예경연대회에서 1등부터 줄줄이 14개 상을 꿰차더니 미국 한 호텔에 천만 원어치 수출까지 해버렸다. 온갖 신문, 방송 프로그램에 '지루할 정도로' 소개되고, 지금은 공예가, 대학생, 기업인, 공무원까지 찾아와 그 성공비결을 캐묻고 가는 마을이 되어버렸다.

1993년 겨울이었다.

"농촌 이거, 겨울만 되면 화투 치고 테레비 보면서 술방 차려놓고 술 퍼대잖아요. 달호 형님이 그 꼴 못 보고 '우리 공예하자'고 제안했어요."

경길호가 말했다. 그래서 옛날 그 식대로 만들기 시작했다. 비 피하는 도롱이도 만들고 신발도 만들고 낱알이나 먹을거리 담는 그릇 둥구미도 만들었다. 그 솜씨가 하도 꼼꼼해서 작품들이 입소문을 타고 팔려 나갔다.

"그래서 대회도 나간 거여. 우리가 돈 벌어서 쓸 데가 뭐가 있대. 상 타는 재미가 보람이지."

상 타는 재미를 위하여, 5인방은 '연구'에 들어갔다. 길호가 말했다. "아무 볏짚이나 다 되는 게 아녀요. 반드시 추청秋青 벼를 써야 혀요."

석로가 보충설명을 한다. "우리가 작품 만든 게 13년 됐어요. 그런데," 그때 "아, 아저씨 그게 아녀!" 길호가 끼어든다. "아저씨 귀가 어두워서 잘 못 들어. 추청 벼는 대가 가늘고 길어요. 그리고 부드러워서 작업하기 딱이죠."

석로도 귀가 어둡고 달호도 마찬가지. 험한 농사일과 세월 탓에 몸은 불편하지만 짚공예에 관한 한 이런 전문가들도 없다. 석로

마을에서 농사 지은 추청 벼로 만든 볏짚 공예품.

칠십 넘은 노인들이 전통을 잇고 마을을 살린다.

가 말했다.

"무슨 대회다 강연이다 해서 초청받아 가보면 소위 '기능보유자'라는 사람들이 우리보다 못해. 그럼 우리한테도 자격증을 줘야지, 왜 안 줘? 가짜한테 강의 듣는 진짜가 어딨어?"

보통 자신감이 아니다. 서울 명륜동에 있는 짚풀생활사박물관에 가서 공예 기술과 디자인까지 배웠다.

웰빙이다 뭐다 하면서 토종에 대한 수요가 늘었다. 찜질방들이 돗자리를 산다고 했다. 그래서 만들었다. 돗자리, 이거 왕골로 만든다. 그래서 5인방, 2006년에 강화도로 벤치마킹을 다녀왔다. 돗자리 만드는 법을 훔쳐보고, 왕골 씨앗도 대량으로 사와서는 마을 한켠에 왕골 밭을 만들었다. 돗자리는 지금 경씨 5인방의 중요한 품목이 되었다.

돌밭 걷는 소한테 신기는 소 짚신, 술독 속에 넣고 술 거르는 용수나 도롱이처럼 옛것만 고집하면 팔리지 아니할 터. 그래서 핸드백도 만들고 짚방석도 만든다. 칠십 넘은 노인들의 디자인인데, 굉장히 현대적이다. 값은 만 원에서 3만 원 정도. 찜질방용 멍석도 만들고, 아이디어 짜내고, 그러다 대회 상을 휩쓸고, 언론에 소개가 되고, 전시장이 생겨 손님맞이까지 해야 하니 도무지 정신이 하나도 없다. 화투, 노름, 텔레비전…… 경길호는 "잡심雜心이 생길 겨를이 없다"고 했다. 그러니 불쑥 고개를 들이댄 젊은 사내를 바라보는 노인들

표정이 그렇게 심심할 수밖에.

"하루에 몇 개나 만드세요?" 순간 작업징이 싸늘해지더니 말 없던 완호가 고개를 들었다.

"하루에 몇 개? 이 양반아, 저거 하나 만드는 데 꼬박 하루가 걸려요."

'저거'는 2007년 4월 미국 호텔에 납품한 작은 둥구미다. 높이 20센티미터 정도. 멍덩이 마을이 알려지면서 중개인을 통해 한 호텔이 실내등 갓으로 쓰려고 이 둥구미를 3백여 개 주문했다. 개당 3만 2천 원이니 근 천만 원을 수출했다. 이미 그 전 해에 2백 개를 사 갔다가 다시 주문한 것이다. 중개인은 호텔 이름을 끝내 알려주지 않았다고 했는데, 도무지 호텔이 실제로 중개인에게 준 돈이 얼마인지 5인방은 알 도리가 없으나 어찌 됐건 한류의 선봉에 5인방도 서 있다.

시골 마을은 차츰 빈집이 늘고 아이 울음소리가 사라져 간다. 십 년 만에 아기가 태어났다는 게 뉴스가 되는 세상이다. 그 마을을 노인들이 살린다. 화투와 술을 버리고, 벼를 길러 사람을 먹이고, 그 남은 볏짚을 거두어 전통을 잇고 마을을 지킨다.

"일을 하니 정신 건강에 좋고, 꾸준히 활동하니 육체적으로도 건강해진다. 앞으로 짚공예를 후손에게 전해 전통을 잇고 마을 살리는 데도 한몫하리라."

굉장한 노인들이다.

昇天, 2003

알아주는 이 아무도 없던 땅 속에서 화석 하나 발견되다.
살은 곱게 사라지고,
옹골찬 뼈만 남아 달을 향해 기어오른다.
흙 속에서 벙긋 솟은 달이
정체 모를 아득한 옛 생명체를 부활시킨다.
승천昇天, 잡것들의 승천이다.

멍딩이 마을 이름은? 마을 앞 들이 넓고 평평해 멍석들, 멍석들 하다가 사투리로 멍딩이가 되었다고 한다. 마을에서 니는 추청 버볏짚으로 멍딩이 마을 5인방이 멍석을 만들고 있으니, 이 또한 그리 범상한 인연은 아니다.

전시장 구경하고, 사진 찍고 인사하고 일어나려는데 노인들이 주문을 한다. "여보시오, 우리 창국이 이름 꼭 써줘. 우리 달현이 이름도."

달현은 멍딩이 마을 출신 괴산군청 직원이다. 역시 경씨. 멍딩이 마을 홍보 총책이다. 홈페이지 www.myongdok.net도 만들고, 공예품을 비롯한 마을 특산물을 팔 수 있게 만든 '48세 장한 젊은이'라고 했다. 그런데 하도 열심히 일해서 몸이 완전히 망가져 지금은 직장 휴직하고 병원 다닌다고 했다. 그렇게 마지막 인사를 나누고서 작업장을 나오는데, 뒤돌아보니 노인들은 냉큼 다시 고개를 숙이고 희미한 형광등 불빛 아래 볏짚을 고르기 시작하는 것이었다.

"……기자 갔다."

4

희망이 있어 아름다운 삶

나무 한 그루, 보리밭, 2005

된장장수 이정림

빗쟁이들이 문짝까지 떼 간 컨테이너 방에서 한겨울에 온가족 부둥켜안고 울어도 봤다. 그렇게 죽을 고생한 사내가 지금 일 년 동안 고아원과 양로원에 마구 나눠주는 된장이 돈으로 삼천만 원어치다. 그래 봤자 받는 이에겐 된장 몇 덩이다. 하지만 된장 파는 장사치에게는 절대로 적지 않은 나눔이다. "없어도 봤고 있어도 봤으니 이제 더 걱정 안 해. 더 울 일이 있겠나. 서로 돕고 사는 게 재미 아니겠어?"

이정림

'남에게 웃음 주며 살기.' 쉽지 않은 일이다. 가족은 풍비박산 나고 주머니엔 만 원짜리 몇 장뿐이었던 사람이라면 더더욱 그러하겠다. 충북 증평에서 속리산 화양계곡으로 가는 길목에 질마재라는 고개가 있다. 하도 험준해 아무리 작은 짐이라도 죄다 짊어지고 손을 비워야 넘을 수 있다는 고개다. 눈이 쌓이면 웬만한 강원도 고갯길과 마찬가지로 폐쇄된다. 그 질마재 너머 높고 평평한 땅에 된장장수 이정림이 살고 있다.

"구 년 전, 내가 돈 팔만 원 가지고 괴산으로 도망 왔어. 지금은 부자 됐고."

인천에서 유통업으로 잘나가던 이정림 가족이 하루아침에 망했다. 그렇게 꽉 쥐어서 놓고 싶지 않았던 돈, 그런데 빚보증이 꼬이더니 거지가 되는 것이 한순간이었다고 했다. 1990년대 중반, 그렇게 이정림은 가늠할 수 없는 빚더미와 만 원짜리 여덟 장 구겨쥐고 괴산으로 내려왔다. 작은 절에 몸을 의탁했다. 생전 처음 겪는 가난, 미래는 보이지 않았다.

"그때 스님한테 소금 만드는 법을 배웠어. 어깨 너머로 배우다가 죽염이 몸에 좋다는 말에 제대로 한번 배우기로 했지."

소금을 대나무 통에 다져 넣고 세 번 혹은 아홉 번을 굽는다. 그렇게 만든 죽염이 피폐해진 그의 몸을 추슬렀고, 망가졌던 의지도 살려줬다. 그 즈음 헤어졌던 가족들도 괴산으로 내려와 다시 뭉쳤다. 증평에서 질마재 너머 평평한 고랭지에 컨테이너 몇 개를 묶어 집을 지었다. 1997년 가을이었다.

괴산이 어떤 곳인가. 느티나무 숲속 해발 300미터가 넘는 고랭지의 채소와 콩과 고추가 전국으로 팔려나가는 곳이다. 그곳에서 이정림 가족은 콩을 대량으로 사들여 된장을 담갔다. 광명단光明丹 바르지 않은 토종 옹기를 사모아 양지바른 곳에 늘어놓고 장을 익혔다.

"먹어보니까 맛있고, 죽염이니까 몸에 좋은 된장이었어. 당연히 돈이 되리라 생각했고."

희망으로 웃었고, 행복했었다고 한다. 대출받아 재료를 사서 세 아들과 아내와 합심해 장독 속으로 수없이 고개 처박고 벌겋게 튼 손 부비면서 어렵게 장을 담갔는데 그 해 겨울, 그놈의 IMF가 터진 것이다.

힘든 겨울이었다. 빚쟁이들은 팔리지 않는 된장을 거들떠보지 않고 돈 될 만한 것들을 모조리 들고 갔다. 웃풍 횡횡 도는 컨테이너 집 문짝까지. 가족은 이불 하나에 의지해 서로 부둥켜안고서 그

해 겨울을 넘겼다.

농업은 유통이다. 그저 논에 물 대고 밭이랑이나 파는 작업만으로는 돈이 되지 않는 게 요즘 농업이다. 그 유통에 빗장이 걸렸으니 가족은 처량했다. 곳간이 텅텅 비어 있는데 나라에서는 태평성대이니 비단옷을 입으라고 백성들에게 주문했던, 해괴한 시대의 억울한 처량함이었다.

"정말 세상 끝장이라고 생각했어, 그때엔."

그리고 기적이 일어났다. IMF 직후 대한민국 대도시에서 귀농 폭풍이 불어왔다. 그리고 세상이 그를 주목하기 시작했다. 지긋지긋한 도시를 떠나 자연 속에서 새 삶을 살려는 사람들이 그에게 몰려와 지혜를 구했다.

"내가 할 줄 아는 게 된장 만들기밖에 없잖아. 그런데 사람들이 와서는 바로 그걸 캐묻는 거야. 내가 제일 잘 아는 바로 그거!"

귀농이라는 단어가 나오면서 신문과 방송에서는 질마재로 몰려와 수백 번도 넘게 장독대 사진을 찍어갔다. 팔만 원 들고 떠돌던 사내, 문 달아난 집에서 엄동설한과 싸웠던 한 가족의 사진을 찍어댔다. 사람들은 그에게로 와서 가슴에 지혜를 담고, 손에 된장을 들고 돌아갔다. 이정림, 신바람 나게 된장을 전수했고 귀농의 노하우도 전수했다. 된장은 만드는 대로 족족 팔려나갔다.

질마재를 넘어 화양계곡 쪽으로 10여 분 가다 보면 왼쪽에 어

이정림의 된장공장 장독대. 웃음이 한가득 담겨 있다.

마어마하게 큰 돌장승이 보인다. 돌장승이 서 있는 잔디밭 한컨에는 물레방아가 돌아가고 그 뒤로 황토 기와집이 세 채 서 있다. 된장을 사면 식당에서 한 상 가득 절 음식을 먹을 수 있다. 논두렁으로 발걸음을 옮기면 그 뒤로 이정림 가족을 절망에서 구원해 준 앙증맞은 장독대가 숨어 있다. 크고 작은 옹기들이 햇살에 빛난다. 그 옛날 초라했던 풍경은 간 곳 없다.

"돈 엄청나게 벌었어. 강연도 엄청 나니고, 십도 이렇게 번듯하게 지었지. 나라에서 '신지식인'이라고 표창도 해주더라고. 주말에는 정신이 하나도 없어. 밥도 못 먹을 정도야. 신났었지."

그런데 어느 날 강연 요청이 딱 끊기고서 '제정신이 돌아왔다'고 했다.

"내가 언제 강연이나 하러 다니는 사람인가. 그게 아니잖아. 그게 무슨 재미라고 거기에 빠져서……."

궁핍했던 옛날은 싹 잊어먹고 잘난 척 사는 자기가 무서워졌다고 했다. 하여 그가 택한 일이 '나눔'이다. 따지고 보면 웃음을 되찾은 것도 그에게 와서 웃음을 구하던 사람들이 있었기에 가능했던 일이다. 괴산과 청주 지역 양로원, 고아원, 소년소녀 가장들은 정기적으로 이정림이 전해준 된장을 받아먹는다. 그게 일 년에 3천만 원어치다. 그리 하기 위하여 이정림 가족은 새벽 4시면 일어나 된장을 보듬기 시작한다.

'호산죽염된장'이라 이름 붙은 그의 된장은, 시장에서 쉽게 보는 투박한 플라스틱 통에 담아 판다. 꺼끗꺼끗한 된장을 비닐에 싼 뒤 그 플라스틱 통에 넣는다. 공장에서 만드는 양조된장과 거의 비슷한 값이다.

　"된장, 이거 비싸면 안 되지. 가난한 사람도 먹고 건강하게 살 수 있어야 하는 거야."

　된장 한 덩이. 된장 파는 장사치에게는 절대로 적지 않은 나눔이다.

　"없어도 봤고 있어도 봤으니 이제 더 걱정 안 해. 더 울 일이 있겠나. 서로 돕고 사는 게 재미 아니겠어?"

　그가 웃는다. 얼마나 고생을 하고 되찾은 웃음인가. 찐득찐득하고 너무나도 진한 그런 웃음.

연잎, 2002

"서로 돕고 사는 게 재미 아니겠어?"

宇宙, 2006

돌집 짓는 사내
여정수

그는 돌을 쌓는다. 켜켜이 쌓인 돌마다 역사가 묻어 있다. 자칫하면 형체도 없이 무의미하게
사라지고 말 현대사가 그가 만지는 돌탑에 생존한다. 가단조의 비장했던 현대사가 그가 쌓는
돌집에서 사장조의 경쾌한 행진곡으로 바뀐다. 어릴 적부터 살았던 집, 가족을 잃었던 집터에
서 여정수가 작심을 하고 대한민국 현대사를 쌓고 있다.

여정수

경기도 여주 한 산속에 이런 집이 있다. 집은 집인데 온통 돌이다. 입이 떡 벌어질 정도로 웅장한 대문. 양쪽 기둥은 무너진 삼풍백화점 앞 연못 장식물이고 아치를 받치는 밑돌은 이후락 전 중앙정보부 부장 별장 돌이다. 문 양편에 떡 하니 서 있는 둥근 초석은 서울 명동에 있던 상업은행(옛 척산은행) 부술 때 얻어온 돌이다. 돌에는 이렇게 적혀 있다. 初心志초심지. 첫 마음을 흙 속까지 가져가라는 뜻이라 했다. 마당에 들어서면 밟히는 흙을 제외하고는 몽땅 돌이다. 이 돌은 삼풍백화점 프론트, 저 돌은 이기붕 아들 이강국이 살던 사랑채 주춧돌, 저 돌은 성균관대학교에서 병원 지으면서 부순 돌집 벽, 저건 서울대병원 옛 건물에서 온 돌……. 한 10분 돌아보니 돌 속에 한국 현대사가 농밀하게 숨어 있다. 도대체 뭐 하는 집인가. 대체 이 엄청난 집을 지은 사람은 누군가.

여정수70세. 돌에 작품을 새기는 석각가다. 자기 고향집에 벌써 25년째 돌로 만든 세상을 창조하고 있는 돌에 미친 사람이다. 자기 말로는 축대에서 시작했다고 했다. 축대라고? 서울 동숭동에 산

적이 있다. 부동산에 들러 아주 싼 집을 소개 받았다. 집에 대해 잘 알지 못하는 그에게 업자는 길 아랫집이라고만 했다. 과연 길 이랫집이었다.

장마철이 되자 길에서 쏟아진 물이 창을 넘고 안방으로 꾸역꾸역 밀려왔다. 4년 만에 밑지고 팔았다. 돌에 미친 게 아니라, 사실은 그때부터 비 들이치지 못하게 하는 축대 쌓는 돌에 미쳤다고 했다. 그게 시작이었다.

이사를 가면 반드시 축대를 쌓았다. 축대 제대로 쌓기 위해 돌만 보면 들고 왔고, 마침내 한국 현대사를 고스란히 담은 거대한 돌집이 되었다. "우리는 어느 돌이든지 싫은 돌 없어"라고 말한다.

"6 · 25 때였어요. 저쪽 봉우리엔 중공군이 있었고 이쪽 봉우리에는 미군이 있었어요. 서로 폭격을 해댔는데, 도망갔다가 돌아와 보니까 우리 여동생이랑 어머니가 돌아가셨어요. 세월이 지나서 결혼하고 잘 사는데 어느 핸가 아내랑 서모가 갑자기 하늘나라로 간 거예요."

서울 동대문에서 옷 만들어 팔던 사내에게 가족들이 다 사라졌다. 세상을 잃었다. 그리고 낙향. 여주로 돌아왔다. 텅 비었던 집, 먼지가 가득했다. 풍수쟁이들이 와서 보고는 집에 기가 세도 너무 센 탓이라고 한마디씩 했다. 기를 눌러야 한다는 것이었다.

마침 당시에 위세 높은 정치인과 가깝던 친구가 귀띔했다.

"돌 모아라. 이후락 씨 별장 뜯는단다." 그래서 가봤다. 해방촌에 있던 수많은 이후락 별장 중의 하나에 가서 돌들을 가져왔다. 돌을 쌓아놓으니 그리 마음이 편할 수 없었다고 했다. 가족들을 떠나보낸 허탈함, 돌에게서 위로를 받기 시작했다. 1981년 일이었다. 기업가에서 석각가로 변신한 해였다.

단순한 발상으로 시작했는데, 계획은 차츰 커갔다. 기왕이면 제대로 된 민속박물관 한번 만들어보자 싶었다. 세상 돌아다녀 봐도 민속박물관들이라는 게 실생활과 무관한 전시품으로 채워져 있었다. 그래서 현대사에서 한 쓰임 했던 돌로 박물관을 만들면 누가 보더라도 뜻 깊은 공간이 되지 않겠나 싶었다.

"설계도가 어디 있어요? 내가 집을 지어봤나? 그냥 신발에 발 맞추는 식이지."

마음 가는 대로 돌을 모았고, 마음 가는 대로 돌을 쌓았더니 대문이 되고, 탑이 되고 집이 되었다. 깨진 돌을 모아 탑을 쌓았더니 기분이 좋았고, 기분 좋게 돌을 쌓았더니 이리 좋은 집이 되었다고 했다. 적어도 마음속에서는 돌들이 집의 기세를 이긴 것이다. 돌에 미친 놈 하나 있다는 소문이 돌면서 잘생긴 건물 철거할 때면 전국에서 그에게 연락을 해왔다. 그리고 그는 어김없이 트럭을 몰고 갔다. 트럭 수천 대는 왔다 갔을 것이라고 했다.

마당에는 산에서 흘러내린 물로 연못 두 개를 만들고 돌다리

돌을 쌓는 구도자求道者 여정수에게 개들은 친구며 현장감독이다.

를 놓았다. 연못 사이 수로는 삼풍백화점에서 가져온 돌로 덮었다. 집 1층 창고 문은 서울대병원 옛 건물 부술 때 나온 돌로 세웠다. 마당을 내려다보는 웅장한 집도 시멘트 빼고는 석재도 목재도 100퍼센트 재활용품이라고 했다.

어떤 고관대작 집이었다. 400평쯤 됐는데 멀쩡한 새집이었다. "그걸 부수는 거예요. 나야 돌 생겨서 좋지만, 내 입에서는 욕이 그냥 나오더라고."

그 고관대작 집이랑 성균관대에 있던 정말 잘 지은 돌집을 병원 세운다고 부술 때, 이렇게 두 번은 정말 화가 부글부글 끓어올랐다고 했다. 그래서 고관대작 나으리 돌들은 큰 돌들 사이사이에 처박아 놓았다. 그저 '축댓돌'에 미쳐 있다고? 그가 그냥 웃는다. 틈틈이 작품도 만들었다. 서울대 두레문학관 현탑, 그리고 평택대학교 교훈탑도 그의 작품이다. 4·19국립묘지에 서 있는 '민주성역' 석각도 그의 작품이다. 사연이 있다.

당시 김영삼 대통령 글씨를 새겼는데 정권이 바뀌는 와중에 글귀만 들어가고 김영삼 대통령 이름은 그만 빠져버렸다.

"2002년 대통령 선거 일주일 전에 아내와 몰래 가서 돌 뒤에다가 새겼지. '대한민국 제14대 대통령 김영삼'이라고. 진짜 완성하는 데 오래 걸렸지. 후련했어."

그게 인연이 되어 지금 대문 뒤에는 '霜菊雪梅^{상국설매}(서릿발

속 국화, 눈 속에 핀 매화)'라는 제14대 대통령 김영삼의 글이 바위에 새겨져 있다. 집의 여러 문 가운데 하나엔 이런 글귀가 있다.

江山萬古主 人間百年賓
강산은 만고의 주인이요, 사람은 백년 왔다가는 객이라

하 수상한 세월 속, 인간은 그렇게 변한다. 돌은 불변이다. 초심지初心志, 흙 속까지 간다. 올해 나이 일흔인 사내. 그를 처음 보는 이는 열이면 열, 오십 대라고 속는다. 돌 만지느라 다리 세 번 부러지고 몸 상한 곳이 부지기수지만, 젊다. 돌처럼 변하지 않는다.

새로 맞은 아내에게 시멘트 반죽할 물 떠오라고 하면 말한다. "지 좋아서 하는 일 내가 왜 해?" 탑 하나 완성해 놓고 차 마시며 "조오타!" 하면 "그까짓 거" 하고 콧방귀를 뀐다. 영 마음에 들지 않는다.

"그러면 열 받아서 내가 더 열심히 해요. 그 친구가 그런 식으로 나를 도와요."

그러다 힘들어서 쉴 때면 개들과 논다. 서울에서 하나 둘 데려와 산골에서 막 사는 개들, 진드기에 벼룩 천지다.

"그놈들 벼룩 잡으면서 놀아요. 애들이 공짜로 밥 먹는 게 아니라, 나를 감독하는 거요."

벼룩이 안 보이면 아쉽다고 했다. 돌이 가르쳐준 깨우침은 그러했다. 가족을 떠나보내고 쓸쓸하던 사내, 돌을 만나면서 세상을 보는 눈이 바뀌었다. 그리고 세상을 바꾼다. 아직 미완의 공간. 여기에 알고 지내는 예술가들 작품을 받아 갤러리를 만들고, 돌마다 시를 새겨 아이들에게 보여줄 작정이다.

그를 만나고 돌아올 무렵, 그가 꼭꼭 다짐을 받는 것이었다. 절대로 사는 곳도 연락처도 알려주지 말라고 했다. 완성되지 않은 집, 보여줄 이유도 없고 보여주면 사람들 때문에 일을 할 수가 없다는 것이다. 그래서 걱정 마시라고, 연락처나 주소 알리면 일주일 동안 돌 날라 드리겠다고 말하니 기도 안 차다는 듯이 사내가 대꾸했다.

"머, 돌을 날라? 허튼 소리 하지 마셔!"

집도 마당도, 시멘트 빼고는 모두 재활용품이다.

浮遊, 2006

희망을 연주하는
이소영

피아노 앞에 섰다. 그녀가 건반에 손을 얹자 우주가 진동했다. 장미가 너울너울 춤을 추더니 빛덩이로 변하고, 천장에 붙어 있던 형광등도 형체 없는 빛덩이로 변했다. 천장, 벽, 바닥, 가방, 시계, 악보, 피아노, 천사장 미카엘, 우리들 숨소리와 감탄사, 기타 등등 모든 것들이 파동 波動 하나로 어우러져 빛이 되었다. 빛을 잃고서 오직 소리로 우주를 창조하는, 이소영이다.

이소영

그녀를 만난 곳은 눈이 소복이 쌓인 서울 서초동 한국예술종합학교 음악원 지하 2층 연습실이었다. 그랜드피아노 뒤에 앉아 있던 이소영26세이 말했다. "저는 할 줄 아는 게 음악밖에 없어요. 어떤 일이 있었냐 하면요, 기저귀 찰 때니까 세 살 때였대요. 제가 길을 잃은 거예요. 엄마가 한참 찾아보니까 불도 안 켠 교회에서 피아노를 치고 있더래요. 그것도 제법. 워낙에 제가 소리를 좋아해서 소리만 들리면 소리 나는 곳에 가서 쭈그리고 앉아 있곤 했대요. 그래서 고등학교도 인천예고에 갔죠. 작곡을 전공했어요." 이소영은 절대음감의 소유자다. 한 번 들은 곡은 바로 연주를 할 수 있고, 웬만한 소리는 듣고 구분한다.

방긋방긋 미소를 던지며 이소영이 의자에서 일어선다. 기다란 손가락을 건반에 올려놓자 피아노가 선율을 풀어낸다. 그런데 그녀는 피아노를 등지고 서서 손을 뒤로 뻗어 연주를 하는 게 아닌가. 직접 보고서도 믿기지 않는 묘기였다.

그 묘기를 펼치고 있는 피아니스트 이소영은 시각장애자다.

선천성 백내장으로 오른쪽 눈은 실명. 왼쪽 눈은 형체만 분간할 수 있는 약시다. 놀란 나에게 그녀가 말했다.

"그런데요, 눈이 없는데 귀가 있더라고요. 그것만 생각해요. 눈이 없는 게 아니라, 귀가 있다는 거. 그게 제 희망이에요. 그래서 지금은 희망으로 산답니다. 아, 이렇게 피아노를 치면 다리 운동이 장난이 아니에요."

이소영은 다시 일어나 피아노 앞에 서더니 치는 법을 설명한다.

"머릿속에 거울을 떠올려요. 거울을 본다고 생각하면서 연습했어요." '본다고' 생각한다고 했다. 마음에 눈이 있다.

희망을 찾을 때까지 힘이 들었다. 이소영은 날 때부터 앞을 보지 못했다. 아버지는 소영이 초등학교 2학년 때 하늘나라로 떠났다. 엄마는 닥치는 대로 온갖 일을 하며 정신 지체가 있는 큰딸과 소영을 키웠다. 그리고 2002년 말, 소영은 지금 다니고 있는 한국예술종합학교 작곡과에 지원해서 떨어졌다.

'장애인이라서 떨어졌다'는 패배감. 소영은 툭하면 화를 내고 가출했다. 2003년 엄마가 하던 사업이 망했다. 몸도 정신도 피폐했고 생계는 극도로 어려워졌다. 여름이 왔다. 엄마가 두 딸을 데리고 공원 한구석에 가서 쥐약 봉지를 끌렀다. "함께 죽자." 한참 있다가 소영이 입을 열었다. "안 죽으면 안 돼, 엄마?" 세 여자가 부둥켜안고 울었다.

"그날 이후 세상을 긍정적으로 보기로 다짐했어요. '할 수 없다'가 아니라 '할 수 있다'고 다짐하고 또 다짐했어요."

소영이 말했다. 죽어라 공부했다. 그래서 2005년 한국예술종합학교 지휘과에 합격했다. 수석이었다.

"마틴 베어만이라는 독일 교수님이 계셨는데, 그분이 나중에 그랬대요. '소영이는 음악성이 평균 이상이다. 안 뽑을 수가 없었다'라고요."

곤궁한 집안 형편에 4년 전액 장학금을 받게 된 것도 희망의 일부였다. 작곡과 쪽으로는 쳐다보지도 않고, 수업을 듣지도 않는다고 했다. 패배감과 좌절은 그리 진했다.

인천에 사는 소영은 주말을 빼고 매일같이 전철 두 번, 버스한 번 갈아타고 학교로 간다. 새 악보가 나오면, 악보에 코를 박고 음정과 음악 기호를 외운다.

"나만의 연습법이죠. 안 보이니까, 외우는 거예요. 음, 조금 힘든데, 안 외우면 안 되니까."

장애와 엄마의 사업 실패, 사회의 편견. 지긋지긋하게 싫었던 모든 것들이 이제는 희망으로 변했다. 앞을 볼 수 없기에 선율을 더잘 들을 수 있다고 했고 음악을 할 수 있어서 감사하다고 했다.

희망은 기적을 낳았다. 2006년 여름, 왼쪽 눈이 희미하게 살아난 것이다. 안경 쓴 교정시력이 겨우 0.2이지만, 소영은 "아, 희망이 있구나!" 하고 소리쳤다고 했다. 소영은 태어나서 처음으로 함박눈을 '보았다!' 벚꽃이라는 느낌이 확 떠올랐어요. 겨울 벚꽃, 근사하죠?

2006년 가을 학기에 소영은 지휘과에서 성악과로 전공을 바꿨다. 피아노를 치고 싶고, 노래를 하고 싶어서 그 둘을 함께할 수 있는 지휘과에 지원했지만, 악보를 많이 봐야 하는 지휘과 수업 특성상 눈이 불편한 그녀에겐 벅찼다. 그래서 소영은 노래를 택했다. 새로운 도전이다. 희망이라고는 터럭만큼도 찾아볼 수 없던 가난한 시각장애인이 스스로 희망을 찾아 새 길을 떠난다.

"무척이라고까지 말할 수는 없지만, 행복해요. 음, 집안 형편은 심각한 수준인데, 그래도 나는 할 수 있으니까."

소영이 말을 멈추고 허공을 바라본다. 밝은 형광등 빛에 얼굴이 반짝인다.

밝음보다는 어둠이 더 짙었던 2006년이 가고 2007년이 왔다. 그 해 초 서울 강남

뒤돌아서 피아노를 치는 이소영.
그녀는 앞을 보지 못한다.

세상을 '보는' 이소영의 손.

구청이 이소영을 초청했다. 신년음악회에 초대된 소영은 가곡 두 곡을 불러 무대에 데뷔했다. 학생 신분으로 서울 예술의전당에서 노래한 이는 소영이 처음이었다고 했다. 그 가운데 한 곡은 〈그리운 금강산〉이다.

보아라, 사람들아. 금강산이 그리운 사람들아, 보아라. 누구나 가슴속에 그리움을 묻고 살지만, 그녀만큼 세상이 그리운 사람이 어디 있으랴. 어둠을 떨쳐내고 그녀가 노래를 한다. 이제 시작이다. 지금도 비록 여전히 곤궁하지만, 어둠은 가라.

사슴, 2005

골드키위 농장 정기동

"어제 잡은 붕어 크기가 요만 해" 하며 낚시꾼 하나가 엄지와 검지를 쫙 편다. "10센티미터."
"그게 다야?" 모여 있던 친구들이 비웃자 그가 "응" 하며 한마디 더 했다. "눈알 사이가." 눈
알 사이가 쫙 편 손가락 사이만큼 큰 붕어처럼, 볼펜 속에 키위 묘목을 숨겨 바다를 건넌 정기
동의 대단한 키위 인생.

정기동

"그러니까……" 사내가 잠시 뜸을 들였다. "…… 훔친 거지요."
농부 정기동53세, 십 년 전 남반구 뉴질랜드에서 새순 돋은 나뭇가지 두 개를 꺾어왔다가 혼쭐이 났다. 그리고 지금은 뉴실랜드 바깥 세상에서 유일무이한 골드키위 묘목농장 농장장이 되었다. 토우농산 대표다. 그를 만난 것은 2005년 가을이었다.

"1982년에 대학교 원예학과를 졸업하고 영농회사에 취직했어요. 그린키위 묘목을 수입해서 농가에 팔고, 영농지도하고 키위를 수매하는 회사였어요. 그러다가 사장님이 회사를 직원 세 명한테 팔았죠. 그래서 사장 됐어요."

엄청 바쁘게 일했다. 지금도 한 해에 150일은 돌아다닌다.

"영어도 못하는데 뉴질랜드 출장도 많이 갔었죠. 뭘 알아야 팔아먹지."

그러다가 1998년 4월 어느 날, 출장을 가면 늘 들르는 농가에서 골드키위를 봤다. 골드키위는 일반 키위와 달리 속이 노랗고 영양성분도 훨씬 많다고 한다.

골드키위에 대해 이미 들어서 알고 있었지만, 관심은 없었다. 아, 그런데! 나뭇늘에 '마치 물방울처럼' 열매가 다닥다닥 붙어 있는 것이었다. '저 정도로 수확이 많이 되면 가능성이 있다'는 생각이 번쩍 들더라고 했다. '귀신에 홀린 듯' 가지 두 개를 꺾어서 칫솔통에 집어넣었다. 호텔로 돌아와서는 물 먹인 휴지에 싸서 다시 집어넣었다.

세관과 검역장을 무사히 통과하고 우리나라로 돌아온 그는 경남 사천에 있는 그린키위 농장에서 골드키위 가지를 그린키위에 접붙였다. 다음 해에 두 그루에서 골드키위 27개가 열렸다. 그 다음 해인 2000년, 골드키위가 자그마치 570개가 열렸다. 성공이다! 제주도에 땅 16,500평방미터를 사 본격적인 묘목장을 만들었다. 2003년 묘목이 2,000주로 자라났다. 여기까지는 일사천리. 그 다음은 악몽.

뉴질랜드에는 세 가지 키위가 있다. 날개가 퇴화해 날지 못하는 작은 새 키위, 그리고 남반구에 외따로 떨어져 있어서 키위새처럼 고독하게 사는 뉴질랜드 사람을 지칭하는 키위, 그리고 과일 키위.

애당초 과일 키위 이름은 '차이니스 구스베리'였다. 20세기 초 중국을 찾았던 한 뉴질랜드 사람이 종자를 들여와 개량해서 오늘의 키위가 되었다. 1960년대 이 과일을 세계 시장에 내놓으면서 중국의 구스베리라 했던 이름을 키위로 고쳐 불러 오늘까지 오게 됐다.

백 년 전이야 아무나 과일을 들여올 수 있었고 나무 모종을 밖으로 가지고 나가도 되었지만, 지금은 21세기 아닌가. 골드키위는 뉴질랜드의 키위영농조합격인 제스프리Zespri 사가 국제특허권을 갖고 있는 '재산'이다.

"제주도에 문익점이 있다더라" "골드키위 나눠 준다더라"는 소문이 퍼져나가더니 급기야 뉴질랜드까지 들어갔다. 그린키위 농가가 급증하고 칠레산까지 수입되면서 키위시장은 거덜난 상태였다. 골드키위는 유일한 희망이었다. 오랜 시간과 경비를 들여 품종을 개발한 뉴질랜드 농가에게도 마찬가지였다. 2003년 5월 토우농산 본사가 있는 경기도 화성경찰서로 고소장이 들어왔다.

"변리사며 종자관리소며 여기저기 알아보니까, 골드키위는 제스프리의 허가 없이는 잎사귀 하나도 어떻게 할 수가 없었어요. 내가 자식도 키우고 있고 그래도 반듯한 집안 자손인데, 범죄인이 되면 안 되겠더라고요. 그거 하나 개발하는 데 얼마나 노력을 했을지도 다 알겠고요."

그래서 제스프리 본사 사람들과 정기동이 만났다.

"다 잘못했다. 정말 모르고 한 일이었다. 저 묘목 다 태워버리겠다." 머리를 조아리며 사과했다. 그리고 한마디 더 했다. "내가 원예과 출신이다. 한국 키위 70퍼센트는 내가 보급했다. 기술도 최고, 품질도 국내 최고다."

그런 자신에게 묘목농장을 하게 해달라고 했다. 종자 훔쳐간

제주도 골드키위 농장의 정기동

사람이 농장을 달라니, 기가 막힐 노릇이었다. 그런데 상황이 맞아떨어졌다. 제주도와 뉴질랜드는 기후와 토양이 흡사하다. 키위가 뉴질랜드보다 더 잘 자라고, 게다가 제주도 농가들은 감귤을 대체할 작물을 애타게 찾고 있었다. 한 시대 제주도를 먹여 살렸던 감귤은 나무를 베어낼 정도로 값이 폭락했고 대체작물로 들어온 한라봉 또한 재배농가가 늘면서 경쟁이 치열한 상황이었다. 그런데 골드키위는 수요가 폭발하고 있었다. 일본, 타이완, 중국 시장도 노렸다. 또 뉴질랜드와 계절, 수확기가 정반대. 제스프리는 '한번 맡겨보자'고 결정했다. '골드키위 묘목 해외생산 허가'라는 두 번 다시 없을 결정을 내렸다.

정말 아무것도 모르고 한 일이었을까? 농부는 그냥 웃는다.

2003년 10월 15일 제스프리와 정식 계약이 맺어졌다. 정기동네 농장에서 골드키위 묘목을 위탁받아 키운 뒤 남제주군 총 100헥타르 내에서 농가 신청을 받아 묘목을 공급하기로 한 것이다. 수

확한 골드키위는 전량 제스프리가 위탁판매하기로 했다.

330평방미터당 골드키위 평균 생산량은 2천 킬로그램. 킬로그램당 골드키위 위탁판매가는 2천 원이 넘는다. 2006년 정기동네 묘목장 한쪽 약 6만 6천 평방미터 땅에 자라던 골드키위가 첫 수확을 거뒀다. 100헥타아르 전 면적이 생산을 시작하면 최소한 120억 원이 농가에게 돌아간다. 농부 정기동과 제주도의 많은 농가들이 뉴질랜드산 골드키위를 통해 '감귤 대박의 꿈'을 다시 한 번 꾸게 되었다.

어찌어찌하여 농부는 골드키위를 기르게 되었다. 이로 인해 많은 농부들이 혜택을 입게 되었고, 우리나라 소비자들이 저렴한 신토불이 골드키위를 먹게 되었다. 이 논픽션 소설은 이렇게 해피엔딩으로 맺어지게 되지만, 역사 어디에서도 '문익점 선생이 위험을 무릅쓰고 원나라에 가서 목화씨를 붓 대롱에 숨겨왔다'는 기록은 없으니, 그를 일러 '현대판 문익점'이라 부르는 일은 삼가야 할 것이다.

붉은 幻 혹은 實在, 2006

비수구미 마을 사람들

"산에서 어린 송이를 발견하죠. 키워 먹으려고 눈독만 들이고 덤불로 덮어뒀다 나중에 가보면 꼭 그 눈독 들였던 송이는 비실비실 자라지 못하고 대신 주변 송이들이 더 크게 자라 있는 거예요. 남들도 자기가 눈독 들인 송이는 맥을 못 추더라는 거예요. 아하, 이거구나. 저 순진한 것에 사람 독이 묻었으니 어찌 견디겠나, 라고 느꼈죠. 눈독은 무섭습디다." 장엄莊嚴한 농부 장윤일, 눈 독毒에 대하여. 그는 무학無學이다.

돌아온 삼형제. 왼쪽부터 장만동, 기동, 복동

세상을 사는데, 멍청하게 한눈 팔면 어떤 꼴이 되는지 장엄한 농부 장윤일에게 물었다. 직문직답 대신, 들려온 대답은 멍청한 닭과 현명한 쥐 이야기였다.

"닭 있잖아요, 그거 바봅디다."

강원도 화천 비수구미 계곡에서 하루하루를 살고 있는 농부가 말했다. 장엄하다 함은, 그의 일천한 학력과 상관없이 그가 이 첩첩산중에서 몸으로 체득한 사유의 세계가 광대무변하기 그지없다는 뜻이다. 닭장 속의 닭을 쥐들이 잡아먹는다는 이야기였다.

"요로콤 닭장을 만들어 놨는데요, 그 놈의 쥐들이 자꾸 닭을 잡아가는 거예요. 이상도 하다, 닭들이 어떻게 가만히 앉아서 당하나 궁금했지요."

그래서 몇 날 몇 밤을 관찰했다고 했다.

"닭들도 잠을 자잖아요. 쥐라는 놈이 미리 닭장 바닥에 구멍을 뚫어놔요. 그리고 닭이 선잠이 들면 찾아오는 거예요."

농부의 말투는 덤덤하고, 유머가 넘쳤다. 쥐는 닭이 잠들기를 기다렸다가 어둠 속에 모습을 드러냈다. 자기보다 덩치가 큰 닭이기에 함부로 닭을 공격하지 않았다. 대신 온몸 근육을 이완시키고 잠이 든 닭의 옆으로 접근해 날갯죽지 속으로 조심스럽게 파고들었다.

"아, 닭이 가만히 있습디다. 오히려 이 정신없는 닭이 날개를 더 늘어뜨리고는 아예 퍼져버리는 거예요."

그 날갯죽지 틈에서 농부가 목격한 것은 하얗게 번뜩이며 겨드랑이 살을 깨물어대는 쥐의 이빨이었다.

"계곡에 놓아기르는 닭인데, 기생충이 좀 많겠어요? 비몽사몽하는 가운데 뭔가가 옆에서 겨드랑이를 긁어주니 기분은 또 좀 좋겠어요? 쥐새끼가 고걸 써먹더라고요. 긁어주는 시늉을 하고는 그냥 낚아채버리는 거죠."

푹 퍼져버린 닭의 힘줄을 꽉 깨물고는 그제야 비상사태를 깨닫고 난리법석을 떠는 닭을 물고 달아나는 쥐가 있는가 하면, 밤새도록 쥐가 파먹는 줄도 모르고 꿈속을 헤매다가 아예 껍질만 남기고 속을 다 파 먹힌 닭도 있었다고 했다. 미몽迷夢에 빠져 스스로 절대적인 곳으로 가버린 경우이니, 무섭고 괴기스럽다.

닭장의 주인을 없앤 뒤 이번에는 달걀을 수거해 가는데, 땅바닥에 누운 쥐 한 놈이 달걀을 감싸 안고, 다른 한 놈이 그 꼬리를 물고, 위풍당당하게 사라지더라고 했다. 천지만물의 존재 이유 가운데 가장 큰 것이 자손의 번창이다. 닭은 자기는 물론이요, 자손까지 망

실했으니 이런 미망한 일이 어디 있는가. 자살 당한 것이다. 농부 장 윤일은 인생을 살아가는 이치를 제대로 알고 있었다. 배웠나? 아니, 몸으로 익혔다.

마을 뒤는 산으로 막혀 있었다. 앞은 호수였다. 그래서 아이 들은 일찌감치 강원도 화천으로 유학을 보냈다. 찢어지게 가난했지 만, '내 힘으로' 키우기로 작정하고 생활보호대상자 자격도 반환했 다고 했다. 가족이 살던 곳은 강원도 화천 파로호 기슭 비수구미라는 마을이었다.

그저 나무들에 물이 올랐기에 뽑아서 밥을 지은 게 고로쇠밥 이었고, 또 다른 나무 물로 밥을 지었더니 박달나무밥이었다. 하늘에 는 은하수가 휘황찬란하고 손님들에게 들려주는 산골 40년 이야기 는 구술口述한 그대로 시가 되었다. 도시에 없는, 그리고 언젠가부터 모두가 그리워하게 된 그런 아련한……

딱 3년만 화전火田한 후 나가자고 들어왔다가 1년 만에 화전 금지조치가 되는 바람에 닥치는 대로 일하며 살았던 곳. 그곳에서 태 어나고 자란 아이들은 뿔뿔이 외지로 나갔다. 그리고 어느 날, 인천 으로 시집간 딸을 빼고 세 형제가 돌아왔다. 가난의 기억이 도처에 묻어 있는 산골. 남들은 앞 다퉈 도시로 나가려고 난리들인데 이들은 돌아왔다.

비수구미는 강원도 화천 '평화의 댐' 근처에 있다. 장복동張福童, 42세, 기동起東, 39세, 만동萬東, 35세 형제. 원래 동녘 동자· 항렬인데 첫째 복동은 외할아버지가 "우리 복덩이, 우리 복덩이" 하는 바람에 '아이 동童' 자를 쓰게 되었다.

형제가 기억하는 어린 시절은 끔찍하다. 뱀을 잡고 나물도 캐고, 낚시꾼들 뒷바라지도 했다. 도시 사람들은 고추를 맘대로 따갔고 빌려준 삽도 내팽개치고 사라졌다. 물 빠지고 들어온 외지 차량은 진돗개를 차로 친 후 들처메고 달아났다. 물이 집 앞까지 들어오면 낚시꾼들은 막내 만동에게 담배 심부름을 시켜대는 것이었다.

"키 작은 내가 노를 저으면 꼭 배가 사람 없이 떠가는 것처럼 보였대요. 그게 재미난다고 심부름은 꼭 나만 시키는 거예요."

그걸 보며 엄마가 울었고 밤이 되면 힘들다고 아들이 울었다. 그리고 새날 밝으면 산으로 올라가 하루 종일 나물 캐고 버섯 캐고 뱀을 잡았다. 이제는 뱀도 금지됐다. 게으른 사람은 절대로 살아남을 수 없는 곳이었다. 10여 집 있었던 마을, 사람들이 하나 둘 떠나고 이제 딱 세 집 산다. 물 많이 빠진 어느 해, 아랫집에 다마스 자동차가 들어왔는데 이후로 물이 불어나는 바람에 갇혀버렸다. 지금은 대한민국에서 제일 비싼 개집으로 쓰고 있다. 말도 안 되는 산골. 그런데 그들은 돌아왔다.

"그냥 여기가 좋더라고요. 맘이 편해요."

모두가 고향을 떠날 때 세 형제는 위풍당당하게 돌아왔다.

화천에서 하던 LPG가스 가게를 처분하고 2004년 가을에 돌아온 첫째 복동이 말했다. 아이들은 여전히 읍내에 산다. 공부한다고 크게 성공하는 건 아니지만, 그래도 교육은 제대로 받아야 한다는 것이다.

　　둘째 기동, "뭐 딱 부러지게 할 줄 아는 일도 없어서"라고 한다. 기동은 2005년 여름까지 춘천에서 전기상을 운영했다. 엄마가 툭 던진다.

　　"지들이 월급 갖고 못 살 거 같으니까 기어들어왔지 뭐."

　　엄마는 불만스럽다. 다 큰 아들들이 산골로 돌아와 빌붙어 산다니. 막내 만동은 진지하다. 형들 말에 의하면 "힘든 일은 죽어도 안 하는데 머리 쓰는 건 지 형들과 다르다"는 사람이다.

　　"도시 사람들이 '오죽 못났으면 시골 가서 살겠나'라는 말 자주 하죠. 대답은 '노No'예요. 한 번 투자하려면 몇 억을 들여야 사업 제대로 한다는 소리 들을 수 있는 게 시골이에요. '시장'에 맞추면 가난은 극복할 수 있고 누구나 부자가 될 수 있다고 생각해요."

　　오지 여행이 본격화되던 1990년대 후반, 비수구미는 계곡으로 막히고 호수로 막힌 독특한 입지 덕에 외지인들이 즐겨 찾았다. 늘 탈출을 꿈꾸던 비수구미 사람들에게 굉장히 낯선 풍경이었다. '할 일도 없다, 이런 데를 일부러 놀러와?' 그런 생각으로 손님들을 맞았는데, 알고 봤더니 답이 거기에 있었다. 오직 비수구미에서만 맛

볼 수 있는 걸 만들자는 것이다.

첫째 복동이 말했다.

"우리 어머니 요리 솜씨가 기가 막혀요. 어머니 음식 때문에 두 번씩 오는 사람들도 많아요. 그런데 어머니 손맛이야 주먹구구잖아요. 우리 막내가 일일이 나물이랑 양념을 저울에 놓고서 무게를 다는 거예요. 그러곤 어머니한테 검사 맡고 또 재고 또 재고 하더니 결국 가선 어머니 나물 맛을 똑같이 재현해 냈어요."

그 표준화된 손맛으로 진짜 나물을 소량으로 냉동 포장하는 데 성공했다. 소량이라 함은 두세 끼 밑반찬으로 먹으면 없어질 양이다. 도시 사람들, 담가먹는 김치보다 사먹는 김치가 더 많지 않은가.

형제는 집 옆 텃밭에 '수향帥香'이라는 식품회사를 차렸다. 앞은 된장, 간장, 고추장을 담은 항아리가 가득하다. 장 담글 콩은 종자를 옆 마을 사람들에게 줘서 위탁 생산한다. 첫째 복동은 뒷산 꼭대기에 나물농장을 만들었다. 막내 회사에 납품할 나물들이 이곳에서 나온다. 물론 돈 주고받는 정식 거래다.

둘째 기동, 부모님과 함께 민박집에서 그 나물로 여행객들을 상대한다. 위쪽 터에 펜션도 열 채 지을 예정이다. "농박農泊이지요. 황토방에서 잠자고 계곡에서 꺼먹메기도 잡고, 트레킹도 하고 호숫가 산책도 하는 그런 거."

물론 동생 회사에서 납품받은 나물이 상에 오를 예정. 복동이 말했다. "우리 마누라한테 몇 달째 한 푼도 못 주고 있지만, 잘 될 거라고 봐요."

그렇게 형제들은 비수구미 인생 제2부를 준비 중이다. 그럼 1부는? 자, 이제부터 부모님 장윤일, 김영순이 주인공이었던 제1부 시작.

새색시 김영순 나이 열일곱. 신랑 장윤일은 스물셋이었다. "아랫집 총각이 성실하다"는 부모님 말씀 하나 믿고 온 시집. 혼례식은 물론 기념사진도 없었다. 옷도 빌려 입었다. 하도 억울해 한동안 남 결혼식에는 가본 적이 없었단다. "결혼 다시 하자"고 조르는 아내에게 남편은 "너무 늙어서……" 하며 웃는다.

지금은 낚시꾼들로 바글바글하지만 이곳 사람들이 비수구미라 부르는 강원도 화천군 동촌 2리는 희망과는 거리가 멀었다. '평화의 댐' 덕에 마을 위로 길이 나기 전까지 완벽한 오지였다. 골도 깊어 풍성한 농사는 꿈도 못 꿨다. 지금도 겨울 넉 달은 포구도 계곡도 얼어붙는다. "딱 3년만 화전해서 돈 벌자"고 다짐했다고 했다.

1년 만에 화전이 금지됐다. 그때부터 지금 사는 고래등 같은 기와집 지을 때까지 "한심할 정도로" 고생하며 살았다. 아내가 말했다.

"대한민국에서 제일 불행하다고 생각했어요. 외롭고, 왜 내가 여기까지 흘러왔나 의구심도 들었고……" 옆에 있던 남편, "목숨

이 길어서 살아 있지 벌써 죽었을 걸."

여름이면 낚시꾼들에게 매운탕 끓여주며 돈 한 푼 더 벌려고 날밤을 샜다. 낮에는 흙일, 저녁부터 새벽까지는 낚시꾼들 수발. 20년 동안 뼈 빠지게 벌었다. 그리고 그 돈을 1994년에 병 고치느라 원 없이 썼다.

"용하다는 약 다 써봤지만, 이미 고생을 너무 했더라고요."

그 세월 동안 밤낮없이 일한 탓에 김영순은 류머티즘성 신경통을 앓고 있다.

네 남매는 초등학교 때부터 화천, 춘천으로 유학을 보냈다. 겨울방학이 끝나

장씨네 집 문패

고 개학 때면 엄마가 얼음길 건너 바래다줬다. 제때 돈을 못 부치니까 자취집 가게에다 외상 장부를 만들어놓고 한 달에 한 번씩 가서 정산을 했단다. 네 남매가 10만 원, 15만 원어치씩 물건을 샀다. 깜짝 놀란 엄마가 장부를 빼앗아 펼쳐보면 모두 50원, 100원짜리 쭈쭈바와 하드였다. 10만원을 채우려면 장부가 수십 장씩 넘어갔다고 했다. 혼자 돌아오자니 아득하고 애들은 안됐고……. 결국 거기서 봄을 맞곤 했다.

김영순

밤이면 남매들은 서로 자기 쪽으로 엄마 얼굴 돌려놓느라 잠을 이루지 못했다. "나뭇잎이 떨어지면 와서 밥 해줄게." 아이들을 남겨놓고 돌아올 때도 눈물이 났다. 막내는 떨어진 은행 이파리를 들고 누나한테 뛰어와 "엄마 온다"며 좋아했다고 한다.

"지금이야 웃지만 정말 한심할 정도로 고생했죠."

엄마는 아이들하고 함께 사는 게 소원이었다. 비수구미에 첫배가 들어오는 게 4월이다. 남편 장윤일은 아무도 없는 빈집에서 설날마다 호롱불 켜놓고 "중도 아니고 이게 뭔가……" 하고 중얼댔다. 그런데도 아이들은 늘상 "그때 엄마한테 서운했다"고 투정을 하곤 한다. 그렇게 공부시켜 줬더니!

"뭐라는 줄 알아요? 만동이가 원주에서 대학 다닐 때 '엄마 안 보고 싶어?' 하면 '아니, 돈이나 부쳐줘' 해요. 와, 그 애들 키우려고 흘린 눈물이 얼만데."

가끔 저녁 먹은 후 계곡 상류에서 메기를 잡아 자정까지 매운

254

탕을 끓여 먹었다. 손전등을 들고 바위를 들면 그 아래 메기가 우글우글했다. 그런데 '평화의 댐' 작업도로가 뚫리면서 외지인들이 밧데리로 지져대며 한 번에 수백 마리씩 걷어갔다. '밧데리 낚시'는 입소문을 타고 트럭, 전세버스, 승용차로 몰려왔고, 결국 메기는 씨가 말라버렸다. 야밤의 매운탕도 추억으로만 남았다.

예전에는 화천장이 서는 날에 맞춰 닷새에 한 번씩 발동선 장비가 들어왔다. 열흘에 한 번 배를 타고 장에 나갔다. 아침에 배를 타면 하루를 자고 다음날 오후에야 들어오는 이틀 길이었다. 한 번 배를 타면 남자들과 여자들, 어린이 모두 칠팔십여 명.

문제는 술꾼들이었다. 여자들과 어린이들, 그리고 술을 싫어하는 남자들이 다음날 한 시부터 배에 올라 떠날 채비를 하는 동안 술꾼들은 감감 무소식이었다. 이럭저럭 장으로 돌아가 사람들을 끌고 오면 또 사라져버리고 해서 배가 떠나는 시각은 늘 여섯 시를 넘기기 일쑤였다. 그렇다고 술 먹은 남자들이 어디 조용하겠는가. 술과 담배를 전혀 못하는 장윤일 회상에 따르면 그때부터는 배 위가 온통 싸움판이 돼버렸다고 한다.

그럴 때면 선장은 산에다 배를 대고선 발동을 끄고 못 간다고 버텼고, 배 안의 사람들은 강바람을 맞으며 벌벌 떨고 있어야 했다. "당신들 때문에 못 간다"고 면박을 주고 선장한테 통사정을 해 겨우 다시 출발을 할 수 있었다.

그동안 마을에 있는 사람들은 바쁘다. 밥을 해서 이고 지고 토끼길 따라 4킬로미터를 걸어 선착장에 도작해 모닥불 피워놓고 배를 기다렸다. 하지만 이상도 해라, 연신 호수 저편에서 뱃소리가 들리는데 배가 뵈질 않는 것이었다. 일찌감치 난장판이 돼버린 배는 기슭에 딱 멈춰 있는데 가족들은 곡절도 모르고 자정, 새벽 한 시까지 벌벌 떨며 기다리기가 부지기수였다. 김영순은 "술 취한 사람들을 집으로 끌고 올라오면 새벽 네 시, 다섯 시였다"고 기억한다. 그게 장날이면 벌어지는 풍경이었고 멀지 않은 과거의 추억이었다.

겨울이면 파로 호 주위에 흩어져 있는 집들을 돌며 잔치를 벌였다. 한 집에서 주민들이 만나 실컷 놀고는 다음 번 집을 정해 또 노는, 전화가 없던 시절의 '집단 마실'이다. 이십 리 얼음판을 걸어가 술판, 윷판 벌이다 보면 새벽 어스름이었다. 여자들은 십 원짜리 화투를 쳤다. 밤을 꼴딱 새며 판을 다 따봐야 삼백 원. 그게 겨울날 호숫가 마을 풍경이었다.

김영순이 난생 처음 흑산도로 관광을 다녀온 뒤로 비수구미를 뜨자는 말이 없어졌다.

"대한민국에서 제일 불행하다고 생각했었는데 아니더라고요."

풀 한 포기 자라지 않는 돌섬에서 사람들은 빗물 받아먹으며 살고 있었다. 뭍에 나갔다가 바람 불면 못 들어오고. 그런데 '나는 어떤가. 내 발로 걸어서 어디든지 갈 수 있지, 뭐든지 심어서 먹지······.'

장마철 물이 불어나면 비수구미는 연못이 된다.

결론이 났다. "내가 훨씬 잘살더라고요."

그렇게 모진 삶이 담긴 비수구미를 결국 못 떠나고 농부 가족은 마침내 고래등 같은 기와집을 지었다. 두메 생활 20년에 벌어놓은 재산이다.

"여기서 농사짓다가 나가서 남의 집 식모살이 할 수는 없잖아요? 이젠 여기 별장 됐어요."

맨 먼저 집 마당에 너와집을 지었고, 다음에는 아래쪽에 토담집을 지었다. 세간은 변변찮다. 어차피 떠날 살림, 이사 가야지 가야지 하면서 살다 보니까 버리고 갈 수 있다는 생각에 별로 집착이 안 생기더란다.

계곡 상류가 포장도로로 연결되자 전국 방방곡곡 번호판을 단 외지 차들이 몰려왔다. 비수구미 사람들이 계곡을 따라 올라가 보면 이들은 주체도 못할 만큼 고기를 싸 와서는 다 버리고 갔다. 군청 사람들은 비수구미 사람들더러 계곡을 통제하고 청소도 하라 하지만, 구조적으로 불가능하다. 외려 바깥사람들이 어지럽히고 간 뒤치다꺼리를 왜 우리가 해야 하냐는 장씨네 반문이 합리적이다. 비수구미는 계곡 최하류. 사람들은 최상류부터 중류까지에서 고기 구워 먹고 버리고 갔다. 결국 마을 사람들 고집으로 휴식년제가 도입됐고, 지금은 영구 휴식년에 들어간 상태다.

개울에는 열목어, 산천어, 그리고 '부러지'라는 무지갯빛 고

기가 노닌다. 텃밭에 뿌렸던 더덕 씨가 자라고 또 자기들끼리 씨를 퍼뜨려 밥상에는 더덕 향기가 끊임없다. 기와집에는 꽤 찾아오는 낚시꾼들의 감탄사가 끊이지 않는다. 외지인들은 호수 따라 난 오솔길을 걸으며 향수에 젖는다. 산에는 고로쇠나무, 박달나무, 자작나무가 빽빽하다. 김영순 친정 집터 위쪽에는 단풍나무 묘목이 붉다.

땅꾼 일도 여러 해 해봤다. 구렁이부터 칠점사, 그리고 잡뱀까지. 얼마 전에는 뱀탕 좋아하는 사람들이 총애해 마지않는 구렁이를 여러 마리 잡아 팔아서 장남과 둘째 합동결혼식을 무사히 치러냈다. 고무장화를 뚫고 독사가 무는 바람에 잇몸에서 피 철철 흘리고 죽을 뻔한 적도 있지만 남에게 징그러운 그 뱀이 집안 대사의 일등공신이다. 그때부터 장윤일에게는 뱀 이빨 못 들어오는 장화 하나 장만하는 게 소원이 되었다.

고로쇠와 자작나무 물, 송이버섯, 구렁이에다 상황버섯도 비수구미 마을 사람들에게 큰 재산이다. 상황버섯은 암환자도 고친다는 귀한 약재다. 뽕나무 몸통에 붙어 자라는 이 버섯은 한쪽은 까맣고 한쪽은 황금색으로 번들거리는 커다란 버섯이다. 뽕나무를 찾아내는 것도 여간 어렵지 않은데다 같은 뽕나무라도 상황이 제대로 자라는 나무가 따로 있다. 그래서 이끼가 푸르게 낀 자연산은 부르는 게 값이다. 서울 경동시장에서 킬로그램당 2천만 원까지 나간 적이 있었다.

뱀이 출몰하는 곳과 상황이 있는 곳은 햇볕 드는 정도가 정반

대라 장윤일에게는 버거운 일. 1997년 초 농부는 온 산을 뒤져 근 2킬로그램 정도를 땄다. 소문을 듣고 찾아온 서울 약재상에게 조금 팔았다. 아내 병 고치는데 조금 쓰고 나머지는 보관하고 있었다.

그해 6월 〈조선일보〉에 비수구미 이야기와 함께 이 상황버섯 이야기가 짤막하게 소개됐는데, 일주일쯤 후에 한 중년남자가 조선일보사에 전화를 했고, 이어 다음과 같은 기막힌 일이 벌어졌다.

지난 6월 15일 새벽. 화천 평화의 댐에서 배 타고 물어물어 비수구미란 호숫가 마을의 장윤일 씨를 찾아가면서 마음이 무거웠다. 엊그제 신문에서 그가 암에 좋다는 상황버섯을 캤다는 기사를 보고 무작정 나선 길이었다. 구할 수 있을까. 그 비싼 걸 돈도 없이.

"신문 보고 왔습니다. 상황버섯 좀 얻으려고……." 물안개 속에 어리둥절하게 선 그에게 덥석 큰절부터 했다. "아버지가 위암입니다. 병 고치느라 집 팔고 차도 팔아 빈털터리입니다. 지금도 친구분 병원에 거저 누워 계십니다. 가진 건 이것뿐입니다." 부르는 게 값이라는 상황버섯. 스스로도 턱없는 짓이라 여기며 회사홍보용 기념품을 내밀었다.

"배짱 참 좋수. 십 원 한 장 안 가지고 오셨네." 그는 한동안 나를 물끄러미 쳐다보기만 했다. 먼 길을 밤새 달려왔

메기매운탕 추억이 숨어 있는 비수구미계곡.

는데 역시 허사인가. 곁에 앉은 아주머니도 말이 없었다. 그래도 매달려야지 생각하는 순간, 장씨가 아들을 불렀다.

"조금 남은 것 있지? 죄 가져오너라." 한쪽은 까맣고 한쪽은 황금색으로 빛나는 자연산 상황버섯 200그램. 너무 기쁜 나머지 인사도 하는 둥 마는 둥 돌아섰다.

등 뒤에서 그가 아들에게 "저런 사람 빈손으로 보내면 평생 가슴에 비수 꽂고 산다"고 하는 소리가 들렸다. 아버지는 보름 만에 돌아가셨다. 그래도 버섯 덕인지, 큰 고통은 없이 떠나셨다⋯⋯.

〈조선일보〉 1997년 7월 23일 기사

전화를 했던 그 독자였다. 장윤일에게 전화를 걸어 사실 여부를 물었다. 며느리, 아들, 그리고 농부는 "효자 같아서⋯⋯"라는 말로 확인을 해줬다.

어찌어찌하여 이 가족과 인연이 짧지 않게 이어졌는데, 그 긴 세월 동안 은하수는 쉼없이 장엄했다. 2부를 시작하는 형제들을 만나던 날에도 하늘은 별빛으로, 계곡은 단풍으로 활활 타올랐다. 은하수가 그립고, 단풍이 그립고, 장엄한 농부네 가족들이 그립다.

박종인

서울대 사회학과를 졸업하고 1992년 〈조선일보〉 기자로 사회에 나왔다. 〈조선일보〉에서 '여행'을 맡으며 세상을 돌아다니다, 2003년 사진 배우러 뉴질랜드에 가서 2년 살았다. 2005년 신문사로 돌아와 주말섹션인 '주말매거진+2'를 맡다가 사회부로 가서 좋은 사람들 만나며 '박종인의 인물기행'을 연재했다. 현재 〈조선일보〉 영상뉴스취재팀장으로 있다. 저서로는 인도 기행에세이 《나마스떼》, 국내여행안내서 《다섯 가지 지독한 여행 이야기》, 철학 에세이 《길 위에서 만난 노자老子》, 역서로 《뉴욕 에스키모, 미닉의 일생》, 제3세계 아동문제를 다룬 《아워아시아》(공저) 등이 있고, 사진전 〈Labyrinth 단체전〉(2004, 뉴질랜드 오클랜드), 〈不二 Be in One〉(2005, 서울 가나포럼스페이스)을 열었다.

한국의 고집쟁이들

초판 1쇄 인쇄 2008년 1월 24일
초판 1쇄 발행 2008년 2월 1일

글·사진 | 박종인
펴낸이 | 한 순 이희섭
펴낸곳 | 나무생각
편집 | 김현정 이은주 **디자인** | 노은주 임덕란
마케팅 | 나성원 김종문 **관리** | 손재형 김선영
출판등록 | 1998년 4월 14일 제13-529호
주소 | 서울특별시 마포구 서교동 475-39 1F
전화 | (02) 334-3339, 3308, 3361
팩스 | (02) 334-3318
이메일 | tree3339@hanmail.net
홈페이지 | www.namubook.co.kr
블로그 | blog.naver.com/tree3339

ⓒ 박종인, 2007

ISBN 978-89-5937-145-7 03810